Niyama

Hier ist der völlig unerwartete Band 2!
Ich wünsche euch viel Spaß beim Lesen.

my pretty
policeman

my pretty policeman

Niyama

Inhalt

NUN, DA DIE LÄRMENDEN ZIKADEN, DIE VOM SOMMER KÜNDEN, VERSTUMMT SIND ...
PIIEP
WEITER! WEITER!
PIIEP
…
PIIEP
PIIEP
WEITER ...
STOPP!
WRMP
WRMP
IST DAS JETZT ALLES, WAS DU AN ZEUG HAST?
... UND DER SOMMER IN DEN HERBST ÜBERGEHT, ...
JA.
BWAMM
KAPITEL 6

... BEGINNT UNSER NEUES LEBEN UNTER EINEM DACH.
NA, DANN WOLLEN WIR MAL.

ICH DACHTE MIR JA SCHON, DASS IHR BEIDEN GANZ DICKE SEID, ...
... ABER DASS IHR AUCH NOCH ZUSAMMEN-ZIEHEN WÜRDET, HÄTT ICH NICHT ERWARTET.
UND DU WILLST DAS WIRKLICH? GANZ IM ERNST?
MIT DEM ALTEN KERL?
JA.
WAS DENN, BIST DU ETWA EIFER-SÜCH-TIG?
RICHTIG ÜBEL.
WIESO SOLLTE ICH EIFERSÜCHTIG SEIN?
ABER EIGENT-LICH HABT IHR DOCH WAS MITEINANDER, ODER NICHT?
BDUMMM
JA, ES STIMMT.

WIR BEIDE SIND EIN PAAR.
NA, SICHER. WIR HABEN VOLL WAS MITEINANDER. WIR SIND TOTAL VERKNALLT.
!!
POPEL
POPEL
DAS BIN ICH, SEIJI TAJIMA (40).
ERNST
ICH WERDE MICH DURCHFÜTTERN LASSEN.
UND DAS IST SHIN NAKAMOTO (30), DERZEIT POLIZIST ...
... UND FRÜHER RAUFLUSTIGER TEENAGER, UM DEN ICH MICH IN MEINER ZEIT BEI DER POLIZEI GEKÜMMERT HABE.
UWAH! EIN SCHMAROTZER! HAU SCHNELL AB, SHIN!
HI HI HI HI!

VOR ETWA ZWEI MONATEN SAHEN WIR UNS ZUM ERSTEN MAL NACH MEHR ALS ZEHN JAHREN WIEDER.
DIE WORTE, DIE ICH AUS FRUST HERAUS, IMMER NOCH SINGLE ZU SEIN, VOR MICH HIN MURMELTE, ...
„ICH FRAG MICH, OB ICH NICHT LIEBER AUF MÄNNER UMSATTELN SOLLTE."
... ENT-FACHTEN SHINS GEFÜHLE, ...
„ICH LIEBE DICH ..."
„... SCHON GANZ LANGE."
... WORAUFHIN ER MIR SEINE LIEBE GESTAND.

SHINS LEIDENSCHAFTLICHE GEFÜHLE ...
... FÜR EINEN ZEHN JAHRE ÄLTEREN MANN WAREN ÜBERWÄLTIGEND.
BEVOR ICH MICHS VERSAH, HATTE ER MICH RUMBEKOMMEN ...
WILLST DU BEI MIR EINZIEHEN?
!
... UND NUN ZIEHEN WIR SOGAR ZUSAMMEN.
NA JA, IST JEDENFALLS BILLIGER, ALS SICH EINE WOHNUNG ZU MIETEN.
JA, DAS IST WIRKLICH EIN GROSSER VORTEIL.
MIAO
UND GEMÜTLICHER ALS IM SINGLEWOHNHEIM IST ES AUCH.
VIELLEICHT SOLLTE ICH AUCH DORT AUSZIEHEN.
NICHT MAL DAMENBESUCH KANN MAN HABEN.
WILLST DU AUCH ZU MIR ZIEHEN?
NEIN, WÄR MIR ZU LAUT.

SEIJI UND MAKI SIND EHEMALIGE KOLLEGEN.
BRÜLL
WAS?! WILLST DU MISTKERL ETWA BEHAUPTEN, DASS CHIKO STÄNDIG LÄRM MACHT?
KEIF
NEIN, NICHT DIE KATZE! DU! DU BIST STÄNDIG LAUT!
WIE BITTE?!
HAST DU ZUGENOMMEN, CHIKO?
MAUO …
SAG MAL, BIST DU NICHT EIGENTLICH HERGEKOMMEN, UM WAS ZU ERLEDIGEN?
MENSCH!
OH!
JA, RICHTIG!
ICH HAB EINEN ZWEITSCHLÜSSEL FÜR DICH MACHEN LASSEN.
SCHNÜFF
SCHNÜFF
OH, DANKE.
TWP
KLINK
ICH BIN ZWAR EH SO GUT WIE IMMER ZU HAUSE, …
… ABER MAN WEISS JA NIE.
UND NICHT VERBUMMELN, KLAR?
KLAR.

KARANG
SEIJI! WAS TREIBST DU DENN HIER?
UWOHI
SCHRECK
HAST DU MICH ERSCHRECKT!
ICH HAB DIR DOCH GESAGT, DASS WIR HEUTE EIN TREFFEN VOM INDUSTRIE- UND HANDELSVERBAND HABEN.
OH, DAS ABHOLKOMITEE IST DA.
ICH WEISS. ICH HAB'S NICHT VERGESSEN.
UND LASS DIE KATZE ZU HAUSE.
JAJA, SCHON KLAR!
DANN BIS SPÄTER! HAB EINEN RUHIGEN DIENST!
PWP
PWP
KOMM SCHON! GEHEN WIR!
JAJA!
DIESES LÄCHELN IST BALSAM FÜR DIE SEELE!
WPP

NA JA, WIR SIND JA AUCH ZUSAMMEN …
DU WIRST SEIJI JA IMMER ÄHNLICHER
ER HAT DICH ANGESTECKT!
MANN, WAS FÜR EIN AUFGEDREHTER KERL! KOMMST DU ECHT ZURECHT, SHIN?
KANNST DU MIT DER STIMMUNG AUCH NOCH MITHALTEN, WENN DU SPÄTER NACH HAUSE KOMMST?
…
ICH HÄTTE MIR NIEMALS TRÄUMEN LASSEN, …
… DASS EINMAL DER TAG KOMMT, AN DEM SEIJI ZU HAUSE AUF MICH WARTET.
KLINK
GRP
NA, DANN MAL ZURÜCK AN DIE ARBEIT!
JA.

WUOFF
TAJIMA
Nakamoto
WAU
WAU
WAU
QUIK
BIN WIEDER DA. BIN WIEDER DA.
ÜBT NOCH.
KARANG
MURMEL
MURMEL
BIN WIEDER DA ...
MIAAAU
!

DA BIN ICH WIEDER, CHIKO.
MIAU
MIAAAU
MIAAAU
OH!
MIAUNZ
RUBB
RUBB
SCHNURR
SCHNURR
SWUPP
DAMPF
HALLO, SHIN. ♡
DAMPF
B… BIN WIEDER DA.
ZOOOSCH
FRISCH AUS DEM BAD …

HAST DU SCHON GEGESSEN?
NEIN, NOCH NICHT.
ICH DACHTE, ICH MACH HEUTE CURRY. SCHARF IST DOCH OKAY FÜR DICH, ODER?
JA.
SICHER.
DER REIS WIRD NOCH ETWAS DAUERN.
DU KANNST JA SOLANGE INS BAD GEHEN.
UND HOPP!
MNNN
MACH ICH.
WIRF DEINE KLAMOTTEN EINFACH IN DEN KORB.
ICH WERD SIE MORGEN IRGEND-WANN WASCHEN.
DANKE, DASS DU DIR DIE GANZE MÜHE MACHST.
ACH, NICHTS ZU DANKEN.
ABER NICHT IN DER WANNE EINPENNEN, KLAR?
MOAU

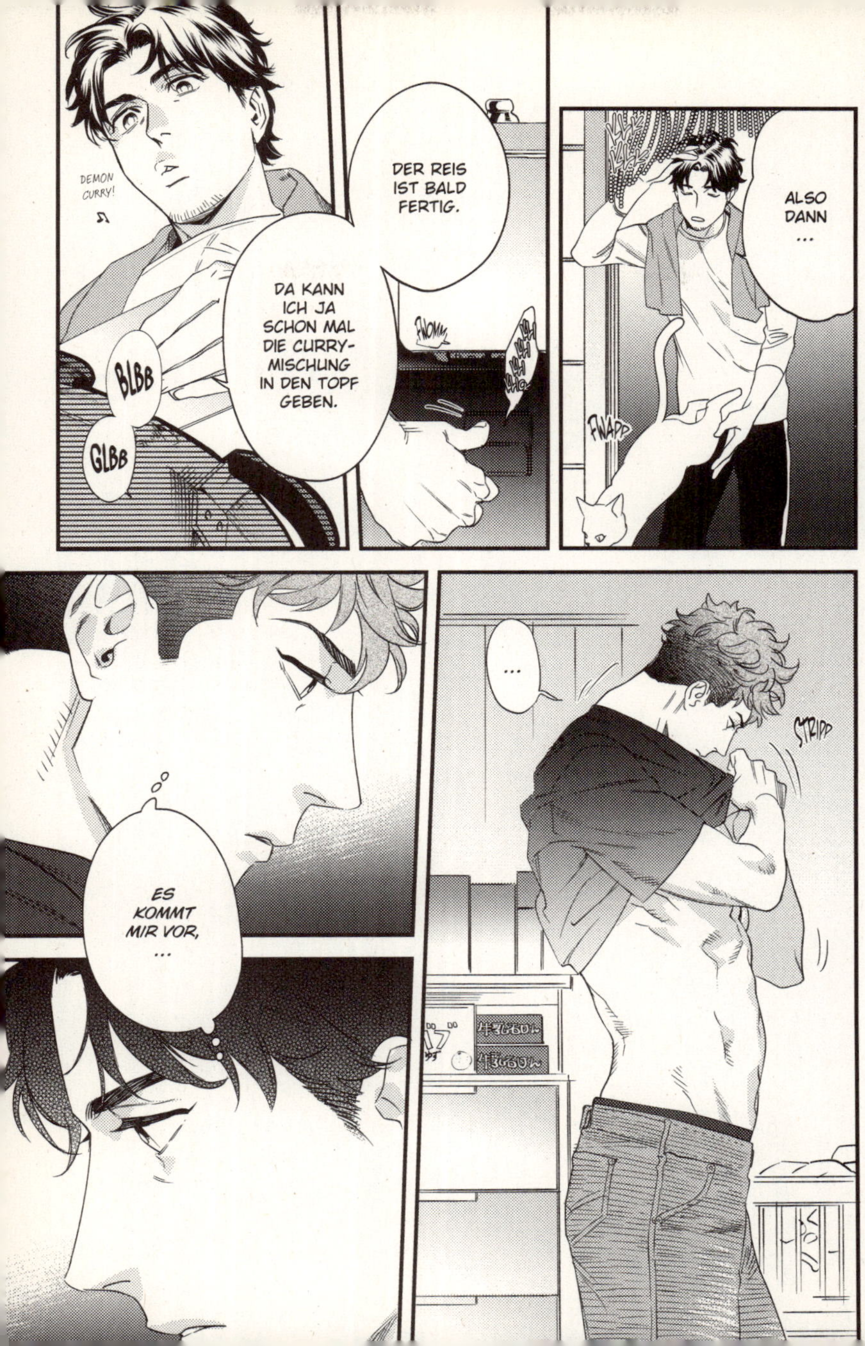
ALSO DANN ...
FWAPP
DER REIS IST BALD FERTIG.
DA KANN ICH JA SCHON MAL DIE CURRY-MISCHUNG IN DEN TOPF GEBEN.
FWOMM
DEMON CURRY! ♪
BLBB
GLBB
...
STRIPP
ES KOMMT MIR VOR, ...

... ALS WÄREN WIR FRISCH VERHEIRATET ...
... ALS WÄR ICH SEINE MUTTER ...
HRRMM

FWUMP
SO WIE DAS EBEN ABLIEF, SIND WIR WENIGER EIN LIEBES-PAAR ...
... SONDERN EHER DIE FÜRSORG-LICHE MUTTER UND IHR SOHN.
DAS IST GAR NICHT GUT.
ICH MUSS MICH ANDERS VERHALTEN.
LEICHTER GESAGT ALS GETAN!
HRMMM
HRMMM
MNNN.
(GIB MIR FUTTER!)
SWUPP
WIE VERHÄLT MAN SICH DENN IN EINER LIEBES-BEZIEHUNG?
SHIN SAGT AUCH NIE, OB IHN WAS STÖRT ODER NICHT.
PUH
...
KNACK
DEMON CURRY
HÖLLISCH SCHARF

PLOTSCH
ICH HAB ECHT KEINEN SCHIMMER MEHR, WIE DAS MIT DER LIEBE FUNKTIONIERT.
ZUR SELBEN ZEIT
GANZ SCHÖN ENG.
TINK
DANN LASS UNS AUF DEINEN EINZUG AN-STOSSEN!
PROOOST!
PROST.

PFFAAAH
GLUCK GLUCK GLUCK GLUCK
MAU.
DIE POLIZEI IST JA ZIEMLICH STRENG MIT IHREN LEUMUNDS-PRÜFUNGEN.
NEIN, CHIKO, DAS IST NICHTS FÜR DICH.
AAH
ICH BIN ECHT FROH, DASS DU DIE ERLAUBNIS BEKOMMEN HAST, HIER ZU WOHNEN.
ICH NEHME MAL AN, DASS DU FRÜHER POLIZIST …
… UND IM SELBEN JAHRGANG WIE MEIN JETZIGER VORGESETZTER WARST, HAT EINE GROSSE ROLLE DABEI GESPIELT.
DEIN VORGE-SETZTER?
HERR TASHIRO.
WAS, ECHT?!
KLACK

NA, JEDENFALLS IST DAS JETZT AUCH DEIN ZUHAUSE.
ALSO NUR KEINE ZURÜCK-HALTUNG.
OKAY.
LASS ES UNS GENIESSEN, LIEBLING.
DRÜCK
LIEBLING
JA, SCH... SCHATZI?
PFFA-HAAH! HAHAHA-HA!
„SCHATZI"!
...

HEY, SHIN!
ICH MUSS ERST MAL DIE KARTONS WEGRÄUMEN, BEVOR ICH DAS BETT AUFSTELLEN KANN.
RRRIPP
RIPP
RRRIPP
WIE SIEHT'S BEI DIR DA OBEN AUS?
DANN LEG ICH DIR EINEN FUTON RAUS.
KOMM RUNTER ZUM SCHLAFEN.
ICH GLAUBE, HEUTE WERD ICH NICHT MEHR FERTIG.
MACH ICH. ICH PACK ABER VORHER NOCH EIN PAAR KARTONS AUS.
OKAY!
MIAON

HEUTE IST DER ZWEITE TAG NACH MEINEM UMZUG.
NOCH HATTEN WIR KEINE GELEGEN-HEIT, UNSER LIEBESLEBEN AUSZUKOSTEN.
SCHLURF
ZUERST MUSSTE ICH ARBEITEN, GESTERN WAREN WIR VOM UMZUG VÖLLIG ERLEDIGT,
...
KALT!
TUPP
... UND SEIJI GEHT FRÜH INS BETT.
SCHNURCH
ER SCHLÄFT SCHON.
ABER MORGEN HAB ICH FREI!
HEUTE NACHT IST ES SO WEIT!
ZSSSSOMM

ZU SPÄT !!!
MUMMEL
TADAA
TASCHENTÜCHER
BIG GUY
XL
SUPER-GLITSCH GLEITGEL
DEPRI
DANN GEH ICH AUCH INS BETT ...
HM?
FRRSCH
UWAH!
FRRSCH
TAUMEL
TAUMEL
SE...
SEEEIJI!
HASP
ZITTER
ZITTER
HASP

SCHRECK
HIHIHI!
HAHAHA-HAHA!
ICH DACHTE, DU SCHLÄFST SCHON.
HAHAHA, ALS OB ICH DABEI WEITER-SCHLAFEN KÖNNTE.
WO IST CHIKO?
SIE SCHLÄFT OBEN.
DU HAST SO LANGE GEBRAUCHT, DA BIN ICH EINGENICKT.
ICH BIN EBEN SCHON EIN MÜDER ALTER OPA.
DU BIST DOCH ERST 40.
HEUTE LASS ICH DICH NICHT SCHLAFEN.
DAS IST DAS ERSTE MAL IN ALL MEINEN 40 JAHREN, DASS JEMAND DIESEN SATZ ZU MIR SAGT.
SMK
MTZ
MH.
MH!

SHIN, ...
... BIST DU EIGENTLICH ZUFRIEDEN MIT UNSERER BEZIEHUNG?
WAS MEINST DU?
NA JA, ICH KRIEG'S NICHT HIN, MICH WIE DEIN FREUND ZU VERHALTEN.
DATES HABEN WIR AUCH KAUM.
ICH WÜSSTE AUCH GAR NICHT, WO MAN DA HINGEHT.
IST DOCH HALB SO WILD. ICH MUSS OHNEHIN ARBEITEN.

NEIN, ÄHM ... ALSO, ...
... WAS ICH SAGEN WILL, IST, ...
... DU DARFST RUHIG MEHR ANSPRÜCHE AN MICH STELLEN.
!
GNN
SHI...
DIR FEHLT EINFACH DIE ROMANTISCHE ADER.
HÄ
?
DES-WEGEN KRIEGST DU DAS NICHT HIN.
U... U... U...
UND OB ICH 'NE ROMAN-TISCHE ADER HAB!
NA, ICH WEISS NICHT.
LASS LOS!
NEIN.

DU BIST OKAY, SO WIE DU BIST.
ICH BIN VÖLLIG ZUFRIEDEN. WIE KÖNNTE ICH UNZUFRIEDEN SEIN?
DASS ICH DICH SO IN MEINEN ARMEN HALTEN KANN, IST SCHON EIN KLEINES WUNDER FÜR MICH.
OH!
EINE SACHE WÄRE DA ABER.
JA, WAS DENN? NUR RAUS DAMIT!
DU HAST MICH NOCH NIE VON DIR AUS GEKÜSST.
E...
ECHT?
JA, ECHT.
...
SMK

SEIJI.
HN!
HA-HAHA! HEY!
MTZ
DARF ...
... ICH?
MTZ
MH!
HMM!
GRSCH
SMK
JA ...
HAAH!
MH!
HAH!
MH!
HN!
SMK
ZSUPP
NUCK
HNG!
HRG!
HFF
NUCK
HNG!
WA...
WAR...!
AH
AAH!
HN!
SMK
NUCK

SCHAUDER
AH!
HAH
HAH
HAAH! SHIN!
HÖR AUF!
ZUCK
NGAH!
AH! WAR...
WARTE, VERDAMMT!
SMK
MTZ MTZ
AH!
HIEK!
DU TROTTEL!
TWMP
TWMP
DU HAST DOCH GESAGT, ICH DARF.
ZUCK
WENN MIR JETZT SCHON EINER ABGEHT, KÖNNEN WIR DOCH SPÄTER NICHT GEMEINSAM KOMMEN.
UND DICH IN MIR ZU HABEN, IST ANSTRENGENDER, WENN ICH SCHON MAL GEKOMMEN BIN.
A... ALSO ...
... STECK IHN SCHON REIN!
HAH
HAH
HAH
ZUCK
STECK IHN REIN!
STECK IHN REIN!
STECK IHN STECK IHN REIN! REIN!
HAH
ABER ERST, NACHDEM DU MICH LOCKER GEMACHT HAST! LOCKER MICH AUF, KLAR?
HÖRST DU MICH?!
WUMM

GRP
HAH
AH!
AH!
HAH
AH!
ZUCK
AH!
HAH
HAH
SHI...
SHIN!
HAH
GNN
ZUCK ZUCK
TPP
SCHUPP
AAAAAH!
AH!
NGAH!
AH
HNG!
HAH!
HAAH!
ZUCK
ZUCK
GNRR

WPP
MHM …
WENN SHIN …
HFF
HFF
GRD
ZUCK
ZUCK
SEIJI …
HNG!
O… OKAY, DU KANNST DICH … BEWEGEN.
ZUCK
HAH!
HAAH!
VER-DAMMT … DER IST ECHT RIESIG.
GNNN
… UND ICH ES TUN, IST ER SO ZÄRT-LICH, ALS KÖNNTE ICH JE-DERZEIT KAPUTT-GEHEN.
ALLER-DINGS … BESTEHT DIE GEFAHR DURCHAUS.
FÜR MEINEN ARSCH.
NG-AAH!
ALLES OKAY?
GTSCH
GTSCH
GRSCH
AH!
AH!
HAH
HAH
HFF
NICHSISSOKAY!
AH!
WENN ER DAS GEFÜHL HAT, DASS ER MIR ZU SCHWER WIRD, …
… SIEHT ER SCHULD-BEWUSST NACH, WIE ES MIR GEHT, …
… DOCH SEIN BLICK VERRÄT, DASS ER NICHT AUFHÖREN WIRD.
DARAN …
HAH
FRSCH

... KÖNNTE ICH GLATT GEFALLEN FINDEN.
HAH
HAH
DU BIST ECHT SÜSS.
NGAAH!
GNRSCH
FWAMP
AH!
TSCHLRP
TSCHLRP
FWAMP
AH!
WAH!
AH!
AH!
AH!
FTSCH
FTSCH
SCHTSCH
AH!
AH!
AH! SHIN!
AAH!
FWAMP
FTSCH
BEB
AHN!
AH!
AH!
BEB
HAH!
HNG!
SHI...N!
SCHTSCH
GNIX
GNIX
FWAMP
HIIH!

ZUCK
AAAAAAH!
ZUCK ZUCK
AH!
HAH!
PFLITSCH
HAH
HAH
ZUCK
...
ZUCK
ZUCK
HAH
HFF
!
HFF
UH ...
HNG!
GGNNNN
BWIP
BWIP
GWPP
GWPP
ICH KANN SELBST DURCH DAS KONDOM SPÜREN, WIE ER ABSPRITZT.
ER KOMMT SO HEFTIG, DASS MAN MEINEN KÖNNTE, ES REISST GLEICH.
GNK
GNK

GLG
KRNG
KRNG
TPP
TPP
BWUAFF
KRG
KRG
SELIG
AB JETZT KANN ICH JEDEN TAG BEI IHM SEIN.
ICH KANN IHN JEDEN TAG SEHEN.
ICH KANN JEDEN TAG SEINE STIMME HÖREN.
LEG DICH SCHLAFEN, SHIN.
OKAY.
ICH KANN ...
... JEDEN EINZEL-NEN TAG ...
... SO VIEL MIT IHM RUM-MACHEN, WIE ICH WILL.
SCHAUDER

SE...
SEIJI, DARF ICH ZU DIR ...
NÖÖÖP!
BITTE NUTZEN SIE DAS NÄCHSTE FREIE BETT.
DIESES HIER IST BELEGT.
ABER CHIKO DARF.
SCHLURF
...
OH!
ACH, JA!
WAPP
BEI MEINER VORSORGE-UNTERSUCHUNG NÄCHSTEN MONAT ...
BIN JA SCHON 40.
... WIRD AUCH MEIN DARM GE-CHECKT.
BIS DAS VORBEI IST, VERHÄNGE ICH EINE SEXSPERRE.
HÄ?!
MEIN POLOCH MUSS SCHLIESSLICH PRÄSENTABEL SEIN.
SEX... ...SPERRE ...
GUTE NACHT.
ZITTER
Kalender
Oktober
HEUTE
Notiz
Noch ein halber Monat bis November!
WENN ICH DAS GEWUSST HÄTTE ...
ZITTER

my pretty
policeman

TADAAA
SO, LEUTE, HEUTE GIBT'S ...
KAPITEL 7
... HAUS-GEMACHTE DAIFUKU*!
* KLEINE, MIT SÜSSEM BOHNENMUS GEFÜLLTE REISKUCHEN AUS KLEBREIS
DIE HAB ICH VON DER NETTEN DAME BEKOMMEN, DIE IM HAUS NEBENAN WOHNT.
NICHT WAHR?
OH, DIE SEHEN JA KÖSTLICH AUS.
HAUS-GEMACHTE DAIFUKU HATTEN WIR SCHON EWIG NICHT MEHR.
GRRROMM
SHIN, MACH DOCH AUCH MAL PAUSE UND GÖNN DIR EIN DAI...
LECKER, DAS BOHNENMUS!
ICH WERD UNS TEE MACHEN.

IST JA GRUSE-LIG!!!
DER GUCKT, ALS WÜRDE ER GLEICH JEMANDEM DEN KOPF ABREISSEN!
GRRROMMM
...
W... WAS IST DENN LOS?!
HAT MAN DICH BLÖD AN-GEMACHT?
ISS MAL EIN DAIFUKU.
HA HA HA
UNSER SHIN WIRD VON TAG ZU TAG ÜBERWÄL-TIGENDER.
WARUM, IST MIR EIN RÄTSEL.
NEIN, DAS NICHT.
ICH WAR BLOSS IN GEDANKEN.

HIBBEL
DENN HEUTE …
… IST SEIJIS SEXSPERRE ZU ENDE!
ZAPLOOOSCH
HIBBEL
HIBBEL
ES IST JETZT GENAU EINEN HALBEN MONAT HER, DASS SEIJI SEINE SEXSPERRE AUSGERUFEN HAT.
ICH MUSS MEINEN DARM CHECKEN LASSEN.
BIS DAS VORBEI IST, VERHÄNG ICH EINE SEXSPERRE.
DABEI HATTEN WIR ERST EIN MAL SEX, SEIT WIR ZUSAMMENWOHNEN.
„GUTE NACHT."
SEITDEM … MUSSTE ICH WARTEN.
ICH BIN UNERSÄTTLICH, SEIT WIR EIN PAAR SIND.
DEPRI

SEIJI WAR SO RÜCK-SICHTSVOLL, WIE ES GING.
WIR KÖNNEN UNS KÜSSEN, WENN DU WILLST.
BLIP
!
SMK
SMK
HIHIHI, REICHT DIR DIE STIRN ETWA SCHON?
EHRLICH GESAGT MACHTE ES DAS NUR SCHWERER.
KÜSST IHN TROTZ-DEM
MH!
AH!
DOCH DIESE QUAL IST HEUTE VORBEI.
BELASTET DICH ETWA IRGEND-ETWAS?

ICH HATTE EIN DAIFUKU VOR MIR, …
… DAS ICH UNBEDINGT ESSEN WOLLTE, ABER NICHT DURFTE, …
… UND ICH MUSSTE MICH DIE GANZE ZEIT ÜBER ZUSAMMEN-REISSEN, ABER …
ABER?
HEUTE …
… DARF ICH ES ENDLICH ESSEN.
ACH …
SHIN …
ICH WUSSTE JA GAR NICHT, DASS DU DAIFUKU SO GERN HAST.
NA, DANN …
… NIMM DIR NOCH EINS.
HIHIHIHIHIHIHI
BIN MIR NICHT SICHER, WAS LOS IST, ABER ICH FREU MICH FÜR DICH.
DANKE.

HATSCHI!
URCH ...
HAST DU DICH ER-KÄLTET?
NEIN, ES HAT MICH NUR PLÖTZLICH GESCHAUDERT.
BRRR
DAS DAI-FUKU
ES IST KALT GEWORDEN IN LETZTER ZEIT. GIB MEHR AUF DICH ACHT.
KNURPS
KNURPS
JA, DENN KRANK ZU SEIN, WIRD JA AUCH NOCH ANSTRENGEN-DER, JE ÄLTER MAN IST.

APROPOS KRANK SEIN, ...
... ICH HATTE HEUTE VORMITTAG EINE DARMUNTERSUCHUNG.
BWUIPP
BWUIPP
GLUBSCH
NA, KOMM!
NA, KOMM!
SWISCH
SWISCH
ACH?
UND ICH MUSS SAGEN, DER ARZT IST SCHON BEEINDRUCKEND.
OH! ERWISCHT!
MIAUNZ
HM? HAT ER BEI DER UNTERSUCHUNG ETWA WAS ENTDECKT?
TJAAA ...
HIER SOLL NUR ETWAS RAUS-, ABER NICHTS REINKOMMEN.
ALSO SCHONEN SIE IHREN ALLERWERTESTEN.
OHA, OH, LÀ, LÀ!
UI!
PWUAAAH
AH, VERSTEHE ...
ZITTER

DAS HEISST ALSO, SEIJI LIEGT UNTEN?
KANN ICH MIR GAR NICHT VORSTELLEN. WILL ICH AUCH GAR NICHT.
JA, VIEL AUSWAHL HAT MAN DA JA NICHT.
ABER BEI ZWEI MÄNNERN IST DAS EBEN UNVERMEIDBAR.
...
ICH HÄTTE NIE GEDACHT, DASS ICH MIT DIR MAL ÜBER DIESES THEMA REDEN WÜRDE.
DA LÄUFT MIR GLATT EIN SCHAUER ÜBER DEN RÜCKEN.
AUS IRGENDEINEM GRUND.
SO EIN ZUFALL. GEHT MIR GENAUSO.
LIEBESTRATSCH IST JA NICHT UNSER DING.
NA, JEDENFALLS SCHÖN, DASS SONST NICHTS AUFFÄLLIG WAR.
JA.
OH.
DA IST EIN FREUND VON DIR, CHIKO.
MAU

DÜSTER
KEINE SEX-SPERRE MEHR …
DÜSTER
KRRANG
DÜSTER
KEINE SEX-SPERRE MEHR …
DÜSTER
BIN WIEDER DA.
HM?
…!
…!!
HABEN WIR BESUCH?
IMMERHIN BIN ICH SCHON VIERZIG.
DA KANN ICH KONDITIONELL AUCH NICHT MEHR SO MITHALTEN.

UND ICH KANN MICH NUR SCHWER SCHONEN, SO WIE'S DER ARZT EMPFIEHLT, ...
... WENN ER SO SCHARF AUF SEX MIT MIR IST.
DANN MUSST DU EBEN TRAINIEREN.
WAS IST AUS DEM FITTEN POLIZISTEN VON DAMALS GEWORDEN?
WAAAH! WAAAH! ICH KANN DICH NICHT HÖÖÖREN!
UND AUSSERDEM BIN ICH KEIN POLIZIST MEHR!
MIAAAAU
TA TA TA TA TAPPS
HNNNG
HNNNG
OH!
SCHMIIIEG
SCHMIIIEG

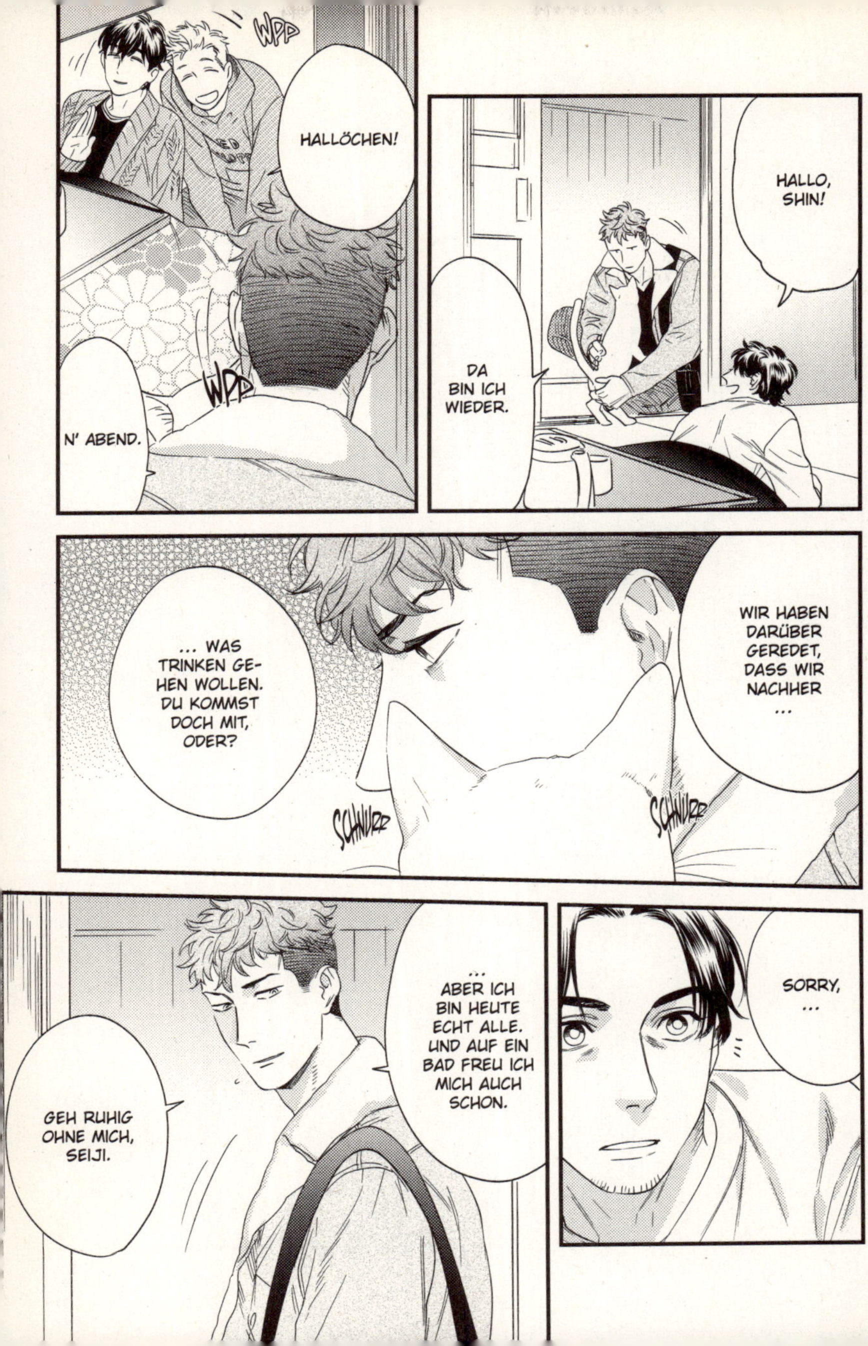
HALLO, SHIN!
DA BIN ICH WIEDER.
WPP
HALLÖCHEN!
WPP
N' ABEND.
WIR HABEN DARÜBER GEREDET, DASS WIR NACHHER ...
... WAS TRINKEN GEHEN WOLLEN. DU KOMMST DOCH MIT, ODER?
SCHNURR
SCHNURR
SORRY, ...
... ABER ICH BIN HEUTE ECHT ALLE. UND AUF EIN BAD FREU ICH MICH AUCH SCHON.
GEH RUHIG OHNE MICH, SEIJI.

ICH FIND SCHON WAS ZU ESSEN.
OKAY, WIE DU WILLST.
KANN ES SEIN, DASS SHIN VORHIN WAS MIT-BEKOMMEN HAT?
WAS MEINST DU?
NA, DASS ES MÜHSAM FÜR DICH IST, DICH DER SEX NERVT UND SO.
ACH WAS, ICH GLAUB NICHT.
AUSSERDEM HAB ICH NIE GESAGT, DASS ES MICH NERVT.

EINKAUFSTRASSEN-TOMBOLA
ICH HAB EIGENTLICH GAR NICHTS ...
... GEGEN SEINE ANNÄHERUNGEN.
ACH ...?
FEIX
FEIX
WAS DENN?!
HÖR AUF, SO ZU GUCKEN!
TJA, SOLANGE DIE SACHE FUNKTIONIERT ...
KLAR, SO VERKNALLT, WIE SHIN IN MICH IST.
DU DARFST DICH ABER NICHT NUR AUF SEINE LIEBESBEKUNDUNGEN VERLASSEN.
SNACKS
BITTE, PROBIEREN SIE!
DANKE.
FRIED CHICKEN
TOMBOLA
RAMEN
ICH KENN DICH DOCH. DU KRIEGST BESTIMMT VOR LAUTER SCHAM KEIN WORT RAUS.
GRMPF

PASS BLOSS AUF, DASS ER KEINEN FALSCHEN EINDRUCK KRIEGT UND SICH UNNÖTIG SORGEN MACHT.
GENAU!
LIEBE IST EIN GEBEN UND NEHMEN.
WIESO GEHT IHR PLÖTZLICH BEIDE AUF MICH LOS?
WO KOMMT DAS FRIED CHICKEN AUF EINMAL HER?
DU MUFFT DICH AUCH MAL VON DIR AUF AN IHN RANFMEIFEN!
GENAU WIE NAOTO!
EIN TIER IM BETT!!
UAAAAARKS
DAS WILL ICH GAR NICHT HÖREN!
OH, DA IST DER TOMBOLA-STAND!
GROSSE TOMBOLA
1. PREIS
2 NÄCHTE THERMENURLAUB
EINKAUFSSTRA
REI
VERGISS DAS WIEDER, KLAR?
KLAR.
WO HAST DU DAS LOS HER?
VOM FRIED-CHICKEN-STAND.
...
KARONK
KARONK

„ICH KANN MICH NUR SCHWER SCHONEN, WENN ER SO SCHARF AUF SEX MIT MIR IST."
SEIJI HAT MEINE BEDÜRFNISSE IMMER AKZEPTIERT.

ABER EGAL WIE VERSTÄNDNISVOLLER IST, ...
... ÄNDERT DAS NICHTS AN DER BELASTUNG FÜR IHN.
SELBST HEUTE, SO KURZ NACH SEINER UNTERSUCHUNG, ...
... HATTE ICH NICHT SEIJIS BEFINDEN, SONDERN NUR MEIN EIGENES VERLANGEN IM KOPF.
HAAACH ...
WENN ER WENIGSTENS ...
... NICHT GANZ SO GROSS WÄRE ...

BIN WIEDER DA!
ICH WAR DOCH NICHTS TRINKEN.
OH, KEINER DA.
SIEHT NICHT SO AUS, ALS HÄTTE ER SCHON GEGESSEN.
DANN IST'S JA GUT, DASS ICH WAS MITGEBRACHT HAB.
METZGEREI KUNIO
SCHLÄFT ER VIELLEICHT?
TAPP
TAPP
SHIIIN!
ESSEN WIR DOCH LIEBER GEMEINSAM.
ICH HAB UNS EIN PAAR FEINE APPETIT-ANREGER ...

... BE... ...SORGT ...
OH ...
RIESEN
KNÜPPEL
TACK
OH ...
GA

ZUPP
FWUMM
SSSST
DEIN APPETIT-ANREGER IST SOEBEN HEIMGE-KEHRT.
FLIRR
OH, EINE RAUPE.
FWUUUM
GNRR
TUT MIR LEID, OKAY?
ICH HÄTTE VORHER ANKLOPFEN SOLLEN.
KOMM SCHON RAUS.
WPP
WPP
ES GIBT SO WAS WIE PRIVAT-SPHÄRE!
WOLLTEST DU NICHT WAS TRINKEN GEHEN?

JA, ...
GNRZ
... ABER DU HAST SO NIEDERGE-SCHLAGEN UND SCHLAPP GEWIRKT, ...
HUFF
... DASS ICH MIR DACHTE, ICH KOMM DOCH LIEBER HEIM.
FWT
HEPP ...
HAHAHA, ABER SOLANGE DU NOCH AN DIR SELBST RUM-SPIELST, ...
... KANNST DU JA NICHT GANZ SO SAFT- UND KRAFTLOS SEIN, NICHT WAHR?
DA WAR JEMAND RICHTIG HART.
PATT
PATT
PATT
HNNN ...
WANN HAT ER DAS DENN GEMACHT?
ABER ...
... WIESO HOLST DU DIR EIGENTLICH ZU EINEM FOTO VON MIR EINEN RUNTER, WO DU'S DOCH AUCH GLEICH MIT MIR MACHEN KANNST?
WAPP
NA ...

NA JA, ...
... DEIN ARZT HAT DOCH GESAGT, DASS DU DICH SCHONEN SOLLST.
OH, ACH DAS. DAS WAR GAR NICHT SO ...
DAS HAT ER GEHÖRT?
DA IST MIR KLAR GEWORDEN, WELCHEN STRAPAZEN ICH DICH EIGENTLICH AUSSETZE.
DU AKZEPTIERST MEINE BE-DÜRFNISSE, ...
... OHNE DICH ZU BESCHWEREN ...
DA BIN ICH GLEICH ÜBERMÜTIG GEWORDEN ...

„DU DARFST DICH ABER NICHT NUR AUF SEINE LIEBESBEKUNDUNGEN VERLASSEN.“
„LIEBE IST EIN GEBEN UND NEHMEN.“
STIMMT.
ICH DACHTE WIRKLICH, DASS ES REICHEN WÜRDE, SEINE GEFÜHLE ZU AKZEPTIEREN.
ICH HAB MICH ZU SEHR AUF SEINE LIEBE VERLASSEN.
AUCH HEUTE WAR ICH NUR DARAUF FIXIERT, ...
... ENDLICH WIEDER MIT DIR SCHLAFEN ZU KÖNNEN, NACHDEM DEINE UNTERSUCHUNG VORBEI IST.

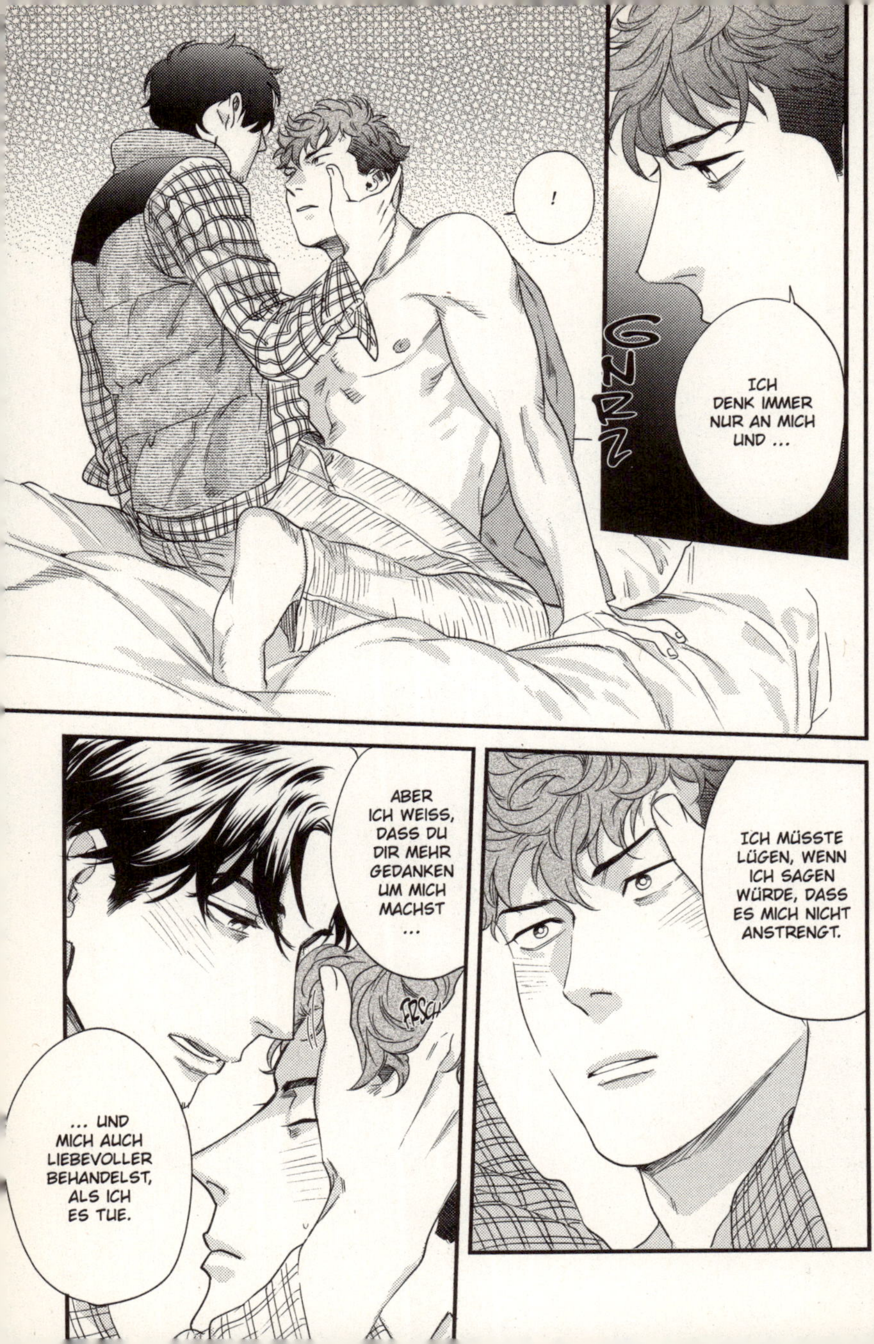
ICH DENK IMMER NUR AN MICH UND …
GNRZ
!
ICH MÜSSTE LÜGEN, WENN ICH SAGEN WÜRDE, DASS ES MICH NICHT ANSTRENGT.
ABER ICH WEISS, DASS DU DIR MEHR GEDANKEN UM MICH MACHST …
FRSCH
… UND MICH AUCH LIEBEVOLLER BEHANDELST, ALS ICH ES TUE.

ES STÖRT MICH NICHT, ...
... FÜR DEINE BEDÜRFNISSE DA ZU SEIN!
DAS MACHT MICH RICHTIG GLÜCKLICH UND ICH FINDE ES ABSOLUT ENTZÜCKEND.
ALSO SPIEL NICHT ALLEINE AN DIR RUM, ...
... SONDERN LASS MICH MITMACHEN.

Heute wurde mir nämlich am Po rumgespielt. ♡
Und ich möchte, dass du mich das vergessen lässt. ♡ Kleiner Scherz!
Der Blick ist ja gruselig!!!
Schon zum zweiten Mal heute.
...
Wieso muss ich eigentlich einen halben Monat warten und dann darf der zuerst ran?
Mann!
Das war 'ne Untersuchung! Hör mit der Eifersucht auf!
Bist du fünf, oder was?!
Nicht schmollen.
Schnauf
Schnauf
Ab heute darfst du so viel ran, wie du willst.
Die Sexsperre ist aufgehoben.
Stripp
Stripp
Smk
Mh!

GNRZ
HAH!
GNRZ
GNRZ
AH!
HAH!
GNRZ
HAH!
HAH
HAH
GNRZ
AH!
AH!
IST DAS ECHT …
… OKAY FÜR DICH?
GNRZ
!
GNRZ
PWAMP
PWAMP
GNRZ
AHAAH!
RUCK
AH!
RUCK
HFF
HFF
GNRZ
AH!
HAH!
AH!

WIPP
WIPP
HAH! HAAH! J… JA, SICHER.
HAH
AH!
AH!
GNRZ
DANN … IST JA GUT.
NGAH!
TSCHPP
LEHN DICH … NICHT SO …
ZUCK
TSCHPP
AH!
AH!
DAS DING IST GEWALTIGER …
TSCHPP
HAH
HAH
ZUCK
… ALS ALLES, WAS MIR BEIM ARZT EINGEFÜHRT WURDE.
HAH
GNRZ
HAH
GNRZ
UND TROTZDEM KOMM ICH KLAR DAMIT.
SO WEIT IST ES SCHON MIT MIR.
IN MEINEM ARSCH …
HAH
GNN
ZUCK
ZUCK
GWP
HAH
SCHAUDER
… STECKT EIN PENIS.
SHINS GANZER SCHWANZ IST IN MIR.
GNRZ
HAH
BLICK
HAH

?
HFF
HFF
SEIJI?
FRÖSCH
ACH ...
HAH
... DU SCHEISSE ...
SCHAUDER
WIESO?
A... AAH!
BDUMMM
HAH!
MOMENT! HALT, HALT, HALT!
BDUMMM

HAH!
ER HAT MICH DOCH ...
ZUCK
HAAAH?
ZUCK
AH!
BEB
NGAH!
AAH!
BEB
ZUCK
... NOCH NICHT MAL VORNE ANGEFASST.
UWAH!
AH!
S... SEIJI ...
HAAH!
UH!
HAH
HAH

AH!
MH!
ZUCK
AH!
ZUCK
AH!
HAAH!
HAH!
HAH!
ZUCK
ZUCK
FASS MICH …
… JETZT … NICHT AN.
AH!
HAH!
AH!
ZUCK
ZUCK
FLITSCH
HAH
ER IST ALLEIN VOM ANALSEX GEKOM-MEN.
SCHLUCK
HAH
HAAH … LASS MICH KURZ AUSRUH…
…
GNRZ
HÄ?
HAH
HAH

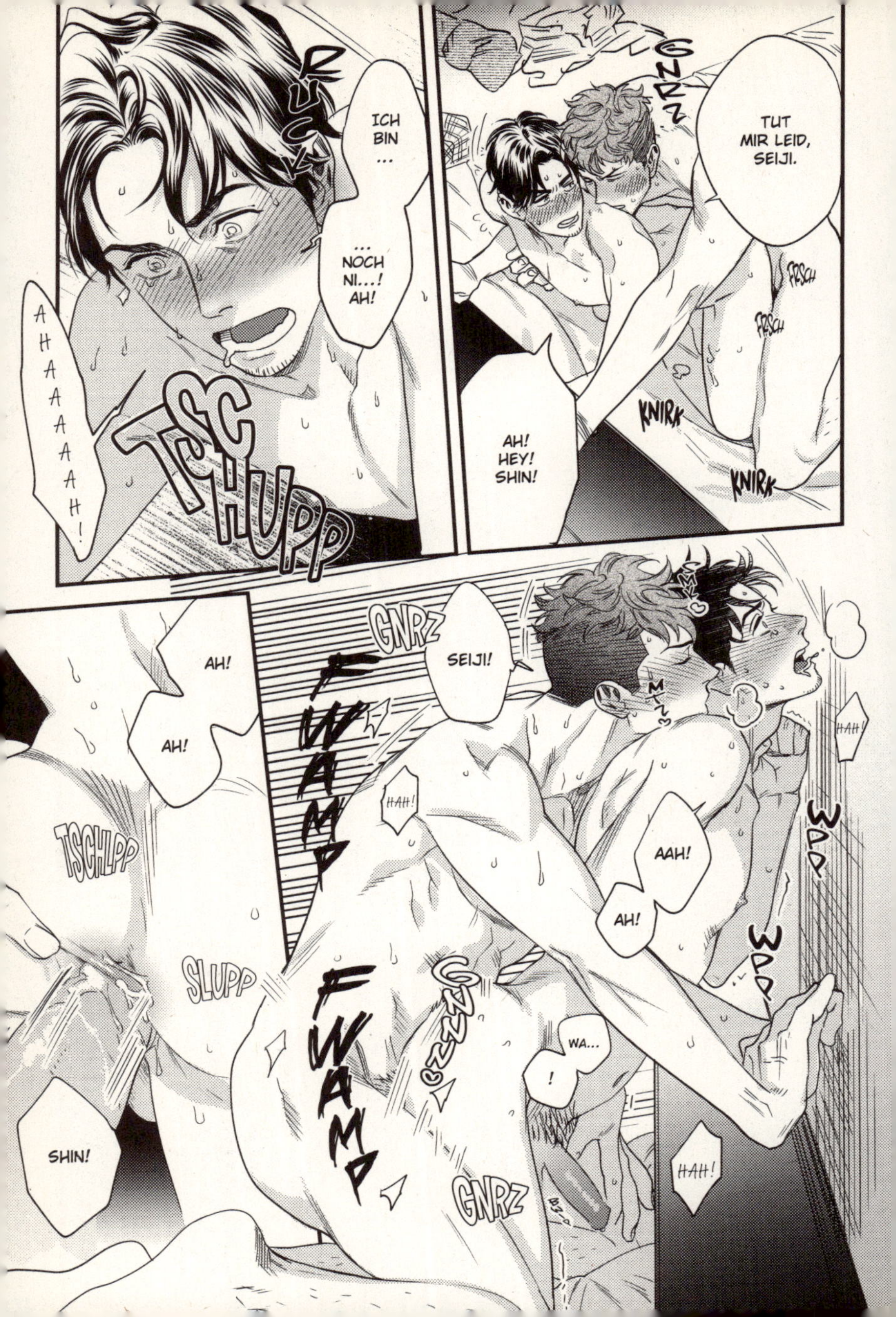
GNRZ
TUT MIR LEID, SEIJI.
FRSCH
FRSCH
KNIRK
KNIRK
AH! HEY! SHIN!
RUCK
ICH BIN …
… NOCH NI…! AH!
TSCHUPP
AHAAAAAAAH!
HAH!
WPP
WPP
AAH!
AH!
SEIJI!
GNRZ
FWAMP
HAH!
WA…!
FWAMP
GNRZ
HAH!
AH!
AH!
TSCHLPP
SLUPP
SHIN!

FWAMP
MH!
FWAMP
AH!
HNG!
HNG!
GNRZ
GNRZ
AH!
MH!
HN!
SMK
HAH
HAH
MTZ
DAS IST … SO GEIL.
HAH!
GNRZ
AH!
W… WAS …
HFF!
… IST DENN PLÖTZLICH MIT MEINEM ARSCH LOS?
ZUCK
SMK
WIPP
HAH!
D… DAS WAR DOCH BIS JETZT …
… NOCH NIE SO.
ZUCK
WIPP
AH!
ZUCK
LIEGT'S DARAN, DASS WIR LÄNGER KEINEN SEX HATTEN?
HAH!
GNRZ
NEIN, DAS IST ES NICHT.
GNRZ
AAH!
IST ALLES OKAY, SEIJI?
HAH
HAH

IN DIESEM EINEN MOMENT IST MIR BEWUSST GEWORDEN, ...
... DASS ICH IHM MIT KÖRPER UND SEELE ZUTIEFST VERFALLEN BIN.
KÖNNTE MICH NICHT BESSER FÜHLEN.

WOBB
WOBB
EIN DAIFUKU ...
BWOBBL
BWOBBL
ICH KANN NICHT MEHR ...
HABEN ES DREIMAL GETAN.
GRRRR RUMMM
GRUMMML
GRUMMBL
HAST DU ETWA EINEN BÄREN VER-SCHLUCKT?
KLAPPE! ICH HAB EBEN HUNGER!
ICH DURFTE WEGEN DER UNTER-SUCHUNG NICHTS ESSEN!
HÖR AUF ZU LACHEN!
BRING MIR MEIN SASHIMI!
ICH BIN ERSCHÖPFT UND BRAUCH WAS ZU ESSEN.
IST GUT.
HAMM
HAMM

KAPITEL 8

Achtung an Bahnsteig drei. Der Shinkansen fährt ein.
FWUUUUN
DIRIRIRIRIIIT
LÄRM
RAUN
ACH, MENSCH …
Shin
Ich sollte rechtzeitig zur Abfahrt da sein.
Geh schon mal zum Bahnsteig.
NA, HOFFENTLICH SCHAFFT ER DAS. ES SIND NUR NOCH 20 MINUTEN.
VIELLEICHT HÄTTEN WIR DOCH BESSER EINEN ZUG SPÄTER NEHMEN SOLLEN.
RAUN
LÄRM
SEIJI.
PRB
PRB

SHIN!
HASP
HASP
ENTSCHULDIGE DIE VERSPÄTUNG.
ACH WAS! DU HAST'S JA RECHTZEITIG GESCHAFFT.
LASS UNS DIREKT EINSTEIGEN.
OKAY.
WIR STARTEN HEUTE IN EINEN ZWEITÄGIGEN KURZURLAUB.
WO SITZEN WIR?
AUF EINS-A-PLÄTZEN?
OH, HIER.
SHIN HAT FREI UND ICH HAB MEINEN LADEN EINFACH GESCHLOSSEN.
1-A.
REIHE 1
SITZ A
1 B GANG A FENSTER
ACH, DAS HAT ER GEMEINT.

DEN URLAUB HABEN WIR MICHIYO ZU VERDANKEN.
ICH HÄTTE HIER EINEN URLAUBSGUTSCHEIN FÜR ZWEI PERSONEN.
KANNST DU DEN BRAUCHEN, SEIJI?
EINEN URLAUBSGUTSCHEIN?
WIR HATTEN DOCH NEULICH DIE TOMBOLA IN DER EINKAUFSSTRASSE.
ACH JA, JETZT WO DU'S SAGST.
DER ERSTE PREIS WAREN ZWEI NÄCHTE IN EINER THERMENPENSION, ...
... ABER ICH HAB VERSEHENTLICH EINEN GUTSCHEIN FÜR NUR EINE NACHT BESTELLT.
DA WIR DEN GUTSCHEIN SCHON MAL HATTEN, DACHTE ICH, ICH FAHRE MIT EINER FREUNDIN UND HAB IHN AUS EIGENER TASCHE BEZAHLT, ...
... ABER LEIDER IST MIR WAS DAZWISCHENGEKOMMEN.
ACH?

ICH GEB DIR 50% SPEZIALRABATT. WAS SAGST DU?
WAS? ICH KRIEG IHN NICHT GESCHENKT?
NIMM EINEN FREUND ODER IRGENDWEN MIT.
DU WARST DOCH SCHON LÄNGER NICHT MEHR IM URLAUB.
ICH SEHE AUCH NACH DEINER KATZE.
URLAUBSGUTSCHEIN FÜR 2 PERSONEN
HM, EIN KURZURLAUB ...
NA JA, DER KURZE TRIP SOLLTE AUCH FÜR SHIN MACHBAR SEIN.
DAS KOMMT MIR DIESEN MONAT GERADE RECHT.
ALSO BESCHLOSSEN WIR UMGEHEND, ...
... EINE KLEINE AUSZEIT ZU NEHMEN.
OH, NA SO WAS!
URKS!

FAHRT IHR ZWEI AUCH IN DEN URLAUB?
JA, WIR BLEIBEN ABER NUR FÜR EINE NACHT. SO EIN ZUFALL, DASS IHR AUCH GERADE HEUTE FAHRT.
RESERVIERT
NICK
NICK
KRK
KRK
BESSER JETZT ALS IM DEZEMBER, WENN VIEL LOS IST.
OH! WIR SITZEN AUCH DIREKT HINTER EUCH!
WIE JETZT? STALKT IHR UNS ETWA?
IST JA GRUSELIG!
QUATSCH!
SOLLEN WIR DIE SITZE UMDREHEN?
DANN KÖNNEN WIR QUATSCHEN.
JA, GUTE IDEE.
GNRK
ABER NICHT DOCH, NICHT DOCH!
WIR WOLLEN EUCH NICHT STÖREN.
IHR STÖRT UNS DOCH NICHT. WIR KÖNNEN GERN ZUSAMMENSITZEN.
KLACK
KLACK
KOMM SCHON!
DER ZUG FÄHRT GLEICH AB. DREHEN WIR DIE BANK SCHNELL UM.
WIE GEHT DAS DENN?
DRRRRRRRIT
Achtung, der Shinkansen fährt ab.
ACH, SORRY! ECHT NETT VON EUCH.
IHR WOLLTET DOCH SICHER UNTER EUCH SEIN.

DIE GEWINNER DES GROSSEN TOMBOLA-PREISES
WER HÄTTE GEDACHT, DASS WIR DEN ERSTEN PREIS GEWINNEN?! DAS WAR ECHT EINE ÜBER-RASCHUNG!
HEHEHEHEH
UND NOCH DAZU GLEICH MIT DEM ERSTEN LOS.
WIR HABEN DEN GUTSCHEIN BEKOMMEN, DER DAFÜR FÄLSCH-LICHERWEISE BESTELLT WURDE.
FRSCH
JETZT SAG BLOSS, WIR ÜBER-NACHTEN IN DERSELBEN PENSION?
OH JA! TUN WIR!
IT'S MAGIC!
THERMALPENSION KIKUMON
GUTSCHEIN FÜR 2 PERSONEN UND 1 NACHT
THERMALPENSION KIKUMON
GUTSCHEIN FÜR 2 PERSONEN UND 1 NACHT

WOLLEN WIR UNS GEMEINSAM DIE GEGEND ANSEHEN?
JA, DANKE!
MÖCHTEST DU?
ODER HABT IHR SCHON WAS ANDERES VOR?
NEIN, WIR HABEN NOCH NICHTS GE-PLANT.
ABER SHINS ARBEIT LÄSST IHM DOCH KAUM GELEGENHEIT, MAL ZU VER-REISEN.
VERBRINGT EURE ZEIT RUHIG ZU ZWEIT.
ACH, MICH STÖRT DAS ÜBERHAUPT NICHT.
ES HEISST DOCH: JE MEHR LEUTE, DESTO LUSTIGER.
AUSSERDEM BIN ICH SCHON GLÜCKLICH, ÜBERHAUPT MIT SEIJI ZUSAMMEN IRGENDWOHIN FAHREN ZU KÖNNEN.
DAS IST WAHRE LIEBE!
UND DAS BEI EINEM PARTNER WIE SEIJI.
SO UNVER-DORBEN!
DAS IST SHINS STANDARD-EINSTEL-LUNG.

ABER ICH BEWUNDERE EUCH POLIZISTEN SCHON EIN BISSCHEN.
FUNKEL
FUNKEL
LÄUFT DAS BEI EUCH WIRKLICH JEDEN TAG WIE IN DIESEN POLIZEI-DOKUSERIEN AB?
ALSO DASS IHR BEI EINER POLIZEIKONTROLLE WIRKLICH EINEN DROGENDEALER ERWISCHT, UND SO?
NEIN, SO WAS HAB ICH NOCH NICHT ERLEBT, ...
... ABER DEN EINEN ODER ANDEREN DIEBSTAHL ...
ICH HATTE ABER MAL SO EINEN FALL!
WAS? ECHT?
WOOOW
WAHNSINN ...
WIE COOL ...
WAR ABER KEIN DEALER. DER HATTE NUR DROGEN BEI SICH.
ACH, DU HAST DIR NICHT NUR DIE EIER GEKRAULT?
FRECHHEIT!
ICH WAR IMMERHIN AUCH MAL FÜR RECHT UND ORDNUNG IM EINSATZ.
HMPF

SO VIEL WIE IN DER GROSSSTADT PASSIERT HIER ABER NICHT.
HAUPT-SÄCHLICH UNFÄLLE UND STREITEREIEN ZWISCHEN BE-TRUNKENEN.
DIE EINBRÜCHE UND ÜBERFÄLLE NEHMEN IN LETZTER ZEIT ALLERDINGS ZU.
WILLST DU GAR NICHT WIEDER ZURÜCK ZUR POLIZEI, SEIJI?
NEIN, NEIN, NEIN, DIE ZEITEN SIND VORBEI!
FÜR DEN POLIZEIDIENST FEHLT MIR LÄNGST DIE KONDITION UND UM CHIKO MUSS ICH MICH AUCH KÜMMERN.
ABER DAFÜR ...
... BE-SCHÜTZT MEIN TOLLER FREUND DIE STADT. ♡
FLIRT
KNUDDEL
GENAU-SO IST ES.
OOOH!

KNIPS
KNIPS
KNIPS
KNIPS
HA? WAS GEHT DENN JETZT AB?
NICK
ZZZ
HOPP
AH!
HEY!
FWUPP
HM?!
?!
SCHRECK
ICH SEH NICHTS!
KNIPS
HA HA HA HA!
FWSCH
OOOH!
FWSSSCH

WIR KOMMEN GENAU ZUR RICHTIGEN ZEIT!
WIE SCHÖN DAS HERBSTLAUB IST!
LASST UNS GEMEINSAM EIN FOTO MACHEN!
WA... WARTET MAL KURZ!
BERGE SIND DIE HÖLLE!
HRCH
HRCH
DIE UNSPORTLICHEN VIERZIGJÄHRIGEN
HASP
HASP
HFF
HFF
KOMMT SCHON!
WER MEINTE NOCH MAL SO GROSSSPURIG ZU MIR, ICH MÜSSE TRAINIEREN?
KANN MICH AN NIX ERINNERN.
ALLES ABSTREITEN WIE EIN POLITIKER!
KOMMEN SIE, GUTER MANN, NUR NOCH EIN KLEINES STÜCK.
DA VORNE IST GLEICH DER RASTPLATZ.
GRMPF
SPAR DIR DEIN POLIZISTENGETUE!

HIER, KAKAO FÜR DICH.
RUH DICH ERST MAL AUS.
WIR MÜSSEN DEN WEG JA AUCH NOCH ZURÜCK ...
DAVON WERD ICH HEFTIG MUSKELKATER KRIEGEN.
HONIG-ZITRONE
SHIIIN!
SEIJI.
WAS SIEHST DU DIR DENN DA AN?

FSSSSSCH
OH, TATSÄCHLICH!
FWSCH
FWSCH!
ICH HAB MICH NUR GERADE ÜBER DAS STRASSENSCHILD DA UNTEN IM FLUSS GEWUNDERT.
EIN STRASSENSCHILD? WO?
WIE DAS WOHL DA HINKOMMT?
HAHA, DU HAST ECHT EIN GUTES AUGE.
DAVON MACH ICH EIN FOTO.

HEY ...
HMPF
ENT-SCHULDIGE.
NA, WARTE ...
WUSCHEL
WUSCHEL
UWAH!
TUT MIR LEID, OKAY?
!
RUCK
ICH DRÜCK HEUTE NOCH MAL EIN AUGE ZU.
GEHEN WIR!
BDUMMM
BDUMMM
?!
OKAY ...
?!

THERMAL-PENSION KIKUMON
MIR KOMMT ES FAST SO VOR, ALS WÄREN WIR AUF EINEM SCHULAUSFLUG.
JA, DAS GLEICHE DACHTE ICH MIR AUCH GERADE.
WIE DIE ZEIT VERGEHT! ACHT JAHRE IST DAS JETZT SCHON HER.
13 JAHRE HER
23 JAHRE HER
SO JUNG!

TUT MIR LEID, DASS SICH UNSERE REISEPLÄNE ÜBERSCHNITTEN HABEN.
DAS HATTE ICH WIRKLICH NICHT ERWARTET.
ABER NICHT DOCH.
WO WART IHR DENN BEIM SCHULAUSFLUG?
WIR WAREN IN DER MITTELSCHULE IN TOKYO UND IN DER OBERSCHULE IN KYOTO.
BEI UNS WAR'S ZIEMLICH ÄHNLICH.
WIR WAREN IN NARA.
ICH HAB MEINEN SPASS ...
... UND SEIJI OFFENBAR AUCH.
DANN IST JA GUT.
ICH BIN FROH, DASS DU JETZT HIER BIST, SHIN.
WAS?
ICH HAB MIR EHRLICH GESAGT SCHON EIN WENIG SORGEN UM SEIJI GEMACHT.

SEIN VATER IST FRÜH GESTORBEN, ...
... DANN MUSSTE ER SEINEN LOHNENDEN JOB BEI DER POLIZEI AUFGEBEN, ...
... UM SEINE MUTTER ZU PFLEGEN, ...
... DIE SCHLIESS-LICH AUCH VERSTORBEN IST.
OBWOHL ER FRÜHER DANK SEINER OFFENEN ART EIGENTLICH IMMER VIELE LEUTE UM SICH HATTE, ...
HA HA HA HA!
GENAU!
... WURDE ER MEHR UND MEHR ZUM EINSIEDLER.
ER LIESS SICH ZWAR NIE WAS AN-MERKEN, ABER ICH GLAUBE SCHON, DASS ER SICH EINSAM FÜHLTE.
DARUM BIN ICH FROH, DASS DU JETZT BEI IHM BIST.
GLUCK
GLUCK
GLK
GLK
WAS? NEIN, NEIN!

SHIN, ICH GEH SCHON MAL RAUS.
BLUBB
BLUBB
STEH EINFACH AUF.
ZAPLOSCH
!!
DANN KOMM ICH MIT.
EIN KRIEGS-TITAN!
DER MÄHT UNS NIEDER!
BIBBER
BIBBER
BIBBER
BIBBER
ICH FRAG MICH, WAS ES ZU ESSEN GIBT.
SASHIMI WÄRE TOLL.
BIN ICH FROH, DASS DEINER NORMAL-GROSS IST.
WAS? NA, ICH BIN MIR NICHT SICHER, OB ICH MICH DARÜBER JETZT FREUEN SOLL.

BALLONBLUMEN-
ZIMMER
AAAHAA!
WER SCHIEBT DENN DA HEIMLICH UNSERE FUTONS ZU-SAMMEN?
STARR
SCHRECK
...
ZPP
DAS ESSEN UND DER SAKE WAREN LECKER, NICHT WAHR?
JA! ES WAR VORZÜG-LICH!
BWOFF
DER YUKATA IST DIR ECHT VIEL ZU KLEIN.
HA HA
ES GAB NUR DIE EINE GRÖSSE.

HATTEST ...
FRSCH
... DU HEUTE SPASS?
JA, HATTE ICH.
FUUUUUH
DA BIN ICH ABER FROH!
HAAAH
HAAAH
UFF!
ER IST ECHT SÜSS, ABER AUCH GANZ SCHÖN BETRUNKEN.
ZOSCH
LEG DICH ZUM SCHLAFEN ORDENTLICH HIN UND DECK DICH ZU, SEIJI.
ABER ES IST DOCH NOCH SO FRÜH.
ES IST KURZ VOR MITTERNACHT.
ICH MUSS MICH BEHERRSCHEN.
ICH MACH DAS LICHT AUS.
KLICK
...

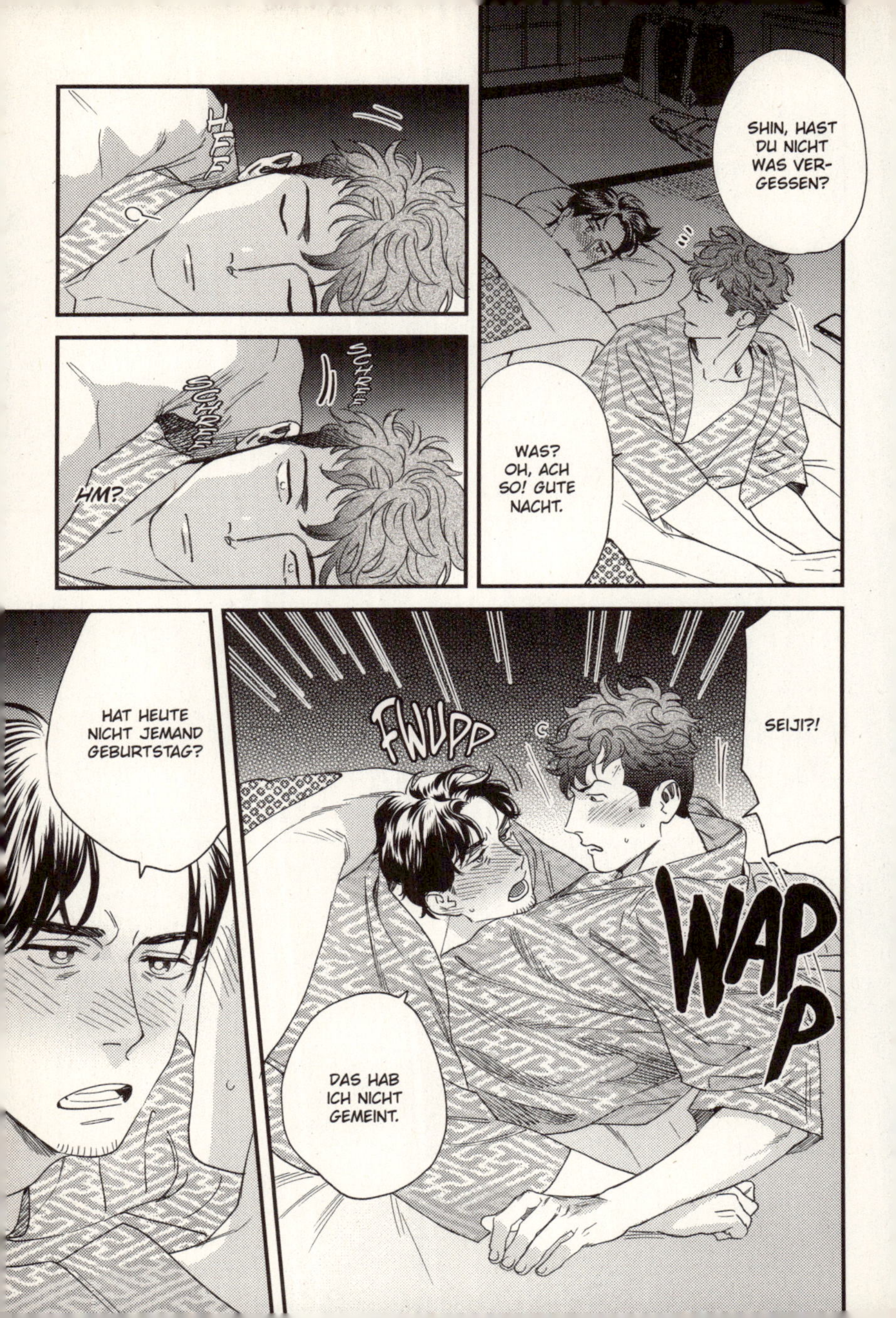

SHIN, HAST DU NICHT WAS VERGESSEN?
WAS? OH, ACH SO! GUTE NACHT.
HM?
FWUPP
SEIJI?!
WAPP
DAS HAB ICH NICHT GEMEINT.
HAT HEUTE NICHT JEMAND GEBURTSTAG?

OH!
ACH JA, ICH.
11. 11.
GROAR
DAS KANN DOCH NICHT WAHR SEIN!
HAST DU ETWA DEINEN EIGENEN GEBURTS-TAG VER-GESSEN?!
NEIN ... ABER ICH HAB DAS NIE SO WICHTIG GENOMMEN.
MENSCH, DU MACHST MICH FERTIG!
HAAAACH
HAB ICH DIR MEINEN GEBURTS-TAG ÜBER-HAUPT MAL VERRATEN?

DAS DATUM STAND AUF DEN UNTER-LAGEN FÜRS AMT.
AUF DEINEM UM-MELDE-FORMU-LAR.
AH, VERSTEHE.
DANN WOLLTEST DU EXTRA MEINET-WEGEN VERREISEN?
ES WAR ALLERDINGS ETWAS KURZFRISTIG.
AH, GLEICH IST DER TAG VORBEI!
ALLES GUTE ZUM GEBURTSTAG, SHIN!
HIH,
HATTEST DU EINEN SCHÖNEN TAG?
SEIJI, ...

… SOLANGE DU BEI MIR BIST, …
… IST UND WIRD JEDER TAG EIN SCHÖNER TAG SEIN.
ICH HATTE DEN ALLERSCHÖNSTEN TAG.
UND UM DIESEN ALLERSCHÖNSTEN TAG ABZUSCHLIESSEN, …
… GIBT'S FÜR UNSEREN HERRN WACHTMEISTER AUCH NOCH DAS ALLERBESTE GESCHENK!
TROMMELWIRBEL BITTE!
KLATSCH
KLATSCH
WAS? DU HAST NOCH WAS FÜR MICH?
TRRRRR RRRRR RRRRR …
TADAAAA!
GGNNN
WAS WIRD DAS JETZT?
DEIN GESCHENK BIN ICH! ICH, MIT MEINER VOM THERMALWASSER VERJÜNGTEN, BABYWEICHEN HAUT!
SWAFF
DAS UNTERHEMD IST SO WAS VON UNSEXY!
ICH SEH SCHON, DU KANNST DIE FREUDENTRÄNEN KAUM ZURÜCKHALTEN.

ALSO DANN ...
... PACK ICH DIE SACHE MAL AN! ♡
HÄ?!
RSCH
WO HABEN WIR IHN DENN?
!
RSCH
AH! SE...
TAUMEL
SEIJI ...
SORRY, ...
... FALLS ICH'S NICHT GUT HIN-KRIEGE.
DAS IST DAS GEILSTE GESCHENK ÜBERHAUPT!
BDUMM
BDUMM
BDUMM
MH.

DU ...
DU MUSST DICH ABER ZU NICHTS ZWINGEN, SEIJI.
HAH!
TU ICH NICHT.
ZUCK
HN!
MH!
GNNNTSCH
AH!
ZUCK
HPF
AH!
WAHN-SINN ...
ZUCK
HAAH
HAH
ZUCK
NGAH HA HA!
BLÖDMANN! SO WAS SAGT MAN DOCH NICHT AN SEINEM GEBURTSTAG.
PFFUAH
HAH
ICH KÖNNTE ... STERBEN VOR FREUDE.
HN!
MH!
SEI... JI ...
NIMM IHN RAU...
HPF

PFLOT
!
SCH
AH!
HAHAHA! DER SCHUSS HAT GESESSEN.
HASP HASP
E... ES TUT MIR SO LEID, SEIJI!
RUBB
RUBB
HRPFFF!
HAST DU AUCH NICHTS INS AUGE GEKRIEGT?!
BESCHÄMT, DEM ECHTEN SEIJI INS GESICHT GESPRITZT ZU HABEN.
NEIN, HAB ICH NICHT. ALLES OKAY!
HÖR AUF DAMIT.
DAS TUT WEH!
KOMM LIEBER HER ...

... UND MACH ENDLICH ...
HAH
SONST GEHT VORHER NOCH DIE SONNE AUF.
...
FRSCH
AH!
AH!
HAH!
SCHAUDER
HAAH
SEIJI.
HAAH
BEB
!
ZUCK
AH!
SMK
SMK

MH!
HM!
MMH!
HNG!
SLUTSCH
SLUTSCH
ZUCK
AH!
HAH!
HAH
AH!
SEIJI, DARF ICH IHN SCHON REIN-STECKEN?
AH, WARTE, SHIN.
NGAH!
AH!
ICH HAB EIN KONDOM IM PORTE-MONNAIE.
IM PORTE-MONNAIE?
NA, ES HEISST DOCH, EIN GUMMI IM GELDBEUTEL BRINGT GELDSEGEN.
WO HAST DU DENN DEN QUATSCH HER?

Alles Gute,
mein lieber Shin!
Tu, was du nicht lassen kannst.
Dein Seiji
TADAAAAA
I… ICH WILL'S GAR NICHT AUFMACHEN.
LASS DEN QUATSCH UND REISS AUF DAS DING.
SCHWÄRM
DRÜCK
WEISST DU WAS, GIB HER. ICH ZIEH'S DIR ÜBER.
!!
ÄHM, K… KÖNNTEST DU'S VIELLEICHT GANZ AM RAND AUFREISSEN?
WILLST DU DAS ETWA AUFHEBEN?!
MANN, ALSO ECHT…
OKAY, KOMM HER.
…
SWT
SO, DAS HÄTTEN WIR.
MH!
…
SMTSCH

MH!
HM!
GGNNN
SEIJI.
MMH?
AH!
ZUCK
ZUCK
HAAH
DARF ICH IHN DIR SCHON REIN-STECKEN?
HAH
MH …
HAH
GNRSCH
HAH
HAH
RUCK
ZUCK
SURSCH SURSCH
AH …
AAAAAAH!
GNTSCH
AH!

TSCHUPP
AH …
AH!
AAAH!
A…
HMG!
FMP
SORRY, SEIJI, ABER DEIN STÖHNEN IST ZU LAUT.
HFF
BEISS RUHIG AUF MEINE FINGER.
SCHLUCK
HNN!
GTSCH
SCHLUCK
HNN!
GNRZ
MMH!
HFF!
FWAMP
GNRZ
MH!
HNG!
GRF
UNG!
HFF!
HNG!
MH!
FWAMP
HFF!
FWAMP
UNG!
HNN!
GNRZ
FWAMP
FWAMP
GNRZ
HMM!

GNRZ
HAH!
AH!
HAAAAH
HAAAAH
GNRZ
PATSCH
HAH!
AH!
FWAMP
FWAMP
...
UNG!
HFF
HFF!
!
FWAMP
AH!
!
HNNG!
HNNN!
SEI...
...JI
...
FWAMP
AH!
HAH!
SCHAUDER
AHAAAAH!
ZUCK
ZUCK
HN!
AH!
FWAMP

SEI... ...JI!
HFF
SEIJI!
HFF
HFF
SH... SHIN?
HAH
HAH
HAH
HAAH
SHI...
GUTEN MORGEN!
...
HABT IHR GUT GESCHLAFEN?
FRISCH UND MUNTER
SCHLOTTER
KEIN STÜCK.
ICH SAG DAZU JETZT NICHTS.
KONNTET IHR NOCH RECHTZEITIG AUSCHECKEN?
NAOTO
JA ...

FAHRT IHR GLEICH NACH HAUSE?
JA. WIR SCHAUEN NUR NOCH KURZ BEI DEN SOUVENIR-LÄDEN VORBEI.
DANN WÜNSCH ICH EUCH EINE GUTE HEIM-REISE.
DANKE. EUCH NOCH EINEN SCHÖNEN URLAUB.
BIST DU ETWA JEMAND, DER IN FREMDEN BETTEN NICHT GUT SCHLÄFT?
KÖNNTE MAN SO SAGEN ...
SCHLOTTER
SCHLOTTER
SCHÖN, DASS ES ZWISCHEN DEN BEIDEN SO GUT LÄUFT, NICHT WAHR?
JA, ALLER-DINGS.
MEIN PO IST DOCH JETZT KEIN SCHWARZES LOCH, ODER?
NEIN, ALLES OKAY, GLAUB ICH ZUMINDEST.
FRPP
FRPP
BIEP
BIEP
WIR HABEN JA GANZ SCHÖN VIELE FOTOS GEMACHT.

Notruf
ICH HAB SONST HÖCHSTENS MAL EINS VON CHIKO GEKNIPST.
ICH HAB AUCH NUR WELCHE VON DER POLIZEISCHULE ODER DER ARBEIT.
BIEP
OH, DIE WILL ICH SEHEN! DANN ZEIG ICH DIR AUCH MEINE ALTEN FOTOS.
OKAY, ICH SUCH SIE RAUS.
VERREIST ...
... BIN ICH EIGENTLICH AUCH NOCH NIE, DIE SCHULAUSFLÜGE MAL AUSGENOMMEN.
WEIL MEINE ELTERN GESCHIEDEN SIND, HABEN WIR AUCH NIE EINEN FAMILIENURLAUB GEMACHT.
DARUM BIN ICH FROH, ...
... DASS ICH DAS MIT DIR MACHEN KONNTE.

GNRZ
ICH WAR JA AUCH SCHON LANG NICHT MEHR WEG. UND DEINEN GEBURTSTAG KONNTEN WIR AUCH FEIERN.
HAT SPASS GEMACHT.
JA.
DA FÄLLT MIR EIN, HAST DU DEINER FAMILIE ERZÄHLT, DASS DU UMGEZOGEN BIST?
JA.
A… AUCH, DASS DU JETZT IN WILDER EHE LEBST?
KLAR.
U… UND DASS ICH EIN MANN BIN?
KOMMEN SIE DAMIT KLAR?
ICH HAB NUR GESAGT, DASS ICH JETZT MIT JEMANDEM ZUSAMMEN BIN.
OB MANN ODER FRAU, KANN IHNEN JA EGAL SEIN.
DEIN GESCHLECHT SPIELT KEINE ROLLE.
ICH HAB MICH EINFACH IN DICH VERLIEBT, SEIJI.

AUSSERDEM STEH ICH AUF EIGENEN FÜSSEN, MEINE SCHWESTER IST INZWISCHEN VERHEIRATET, ...
... UND MEINE MUTTER HAT AUCH WIEDER GEHEIRATET UND EINE NEUE FAMILIE GEGRÜNDET.
ICH MUSS MIR ALSO WEGEN NICHTS UND NIEMANDEM EINEN KOPF MACHEN.
TJA, ...
... ICH HAB AUCH NIEMANDEN MEHR, DER WAS DAGEGEN HABEN KÖNNTE.
ALSO STEHEN WIR WOHL BEIDE ZIEMLICH ALLEINE DA, WAS?
MHM, LEEECKER!

WIR HABEN DOCH JETZT UNS.
STIMMT, DA HAST DU RECHT.
UND CHIKO HABEN WIR AUCH.

my pretty
policeman

ES IST DEZEMBER. DIE SEHNSUCHT NACH WÄRME IST GROSS, ...
KAUFLADEN TAJIMA
FWOOOOO
... DENN DER EISKALTE WINTER IST DA.
KLATTER
Aufgrund persönlicher Umstände bis zum 10. geschlossen.
Ihr Kaufladen Tajima
KLATTER
KAPITEL 9
KHOFF
KHOFF
FWP
KOHOFF
KHOFF

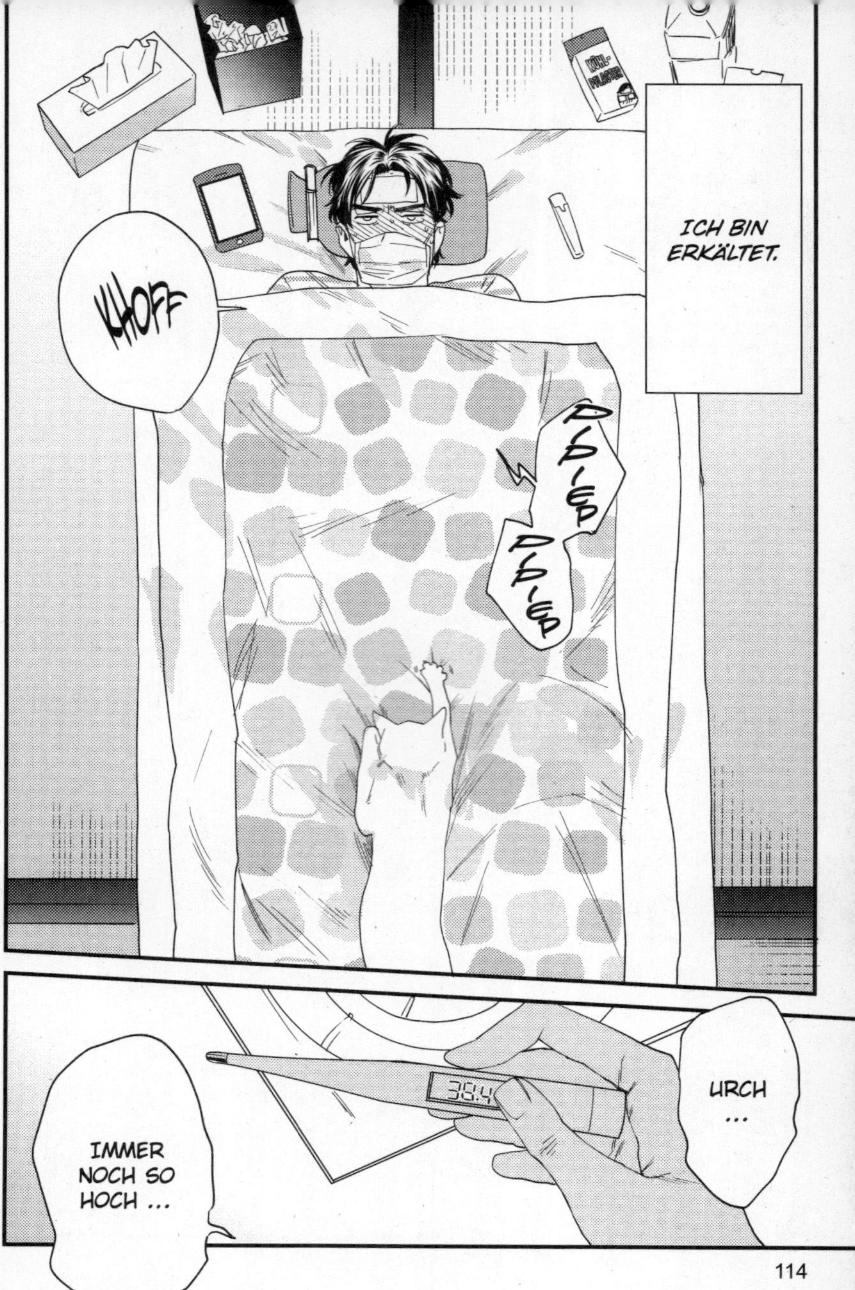
KÜHL-PFLASTER
ICH BIN ERKÄLTET.
KHOFF
PIPIEP
PIPIEP
36.4
URCH ...
IMMER NOCH SO HOCH ...

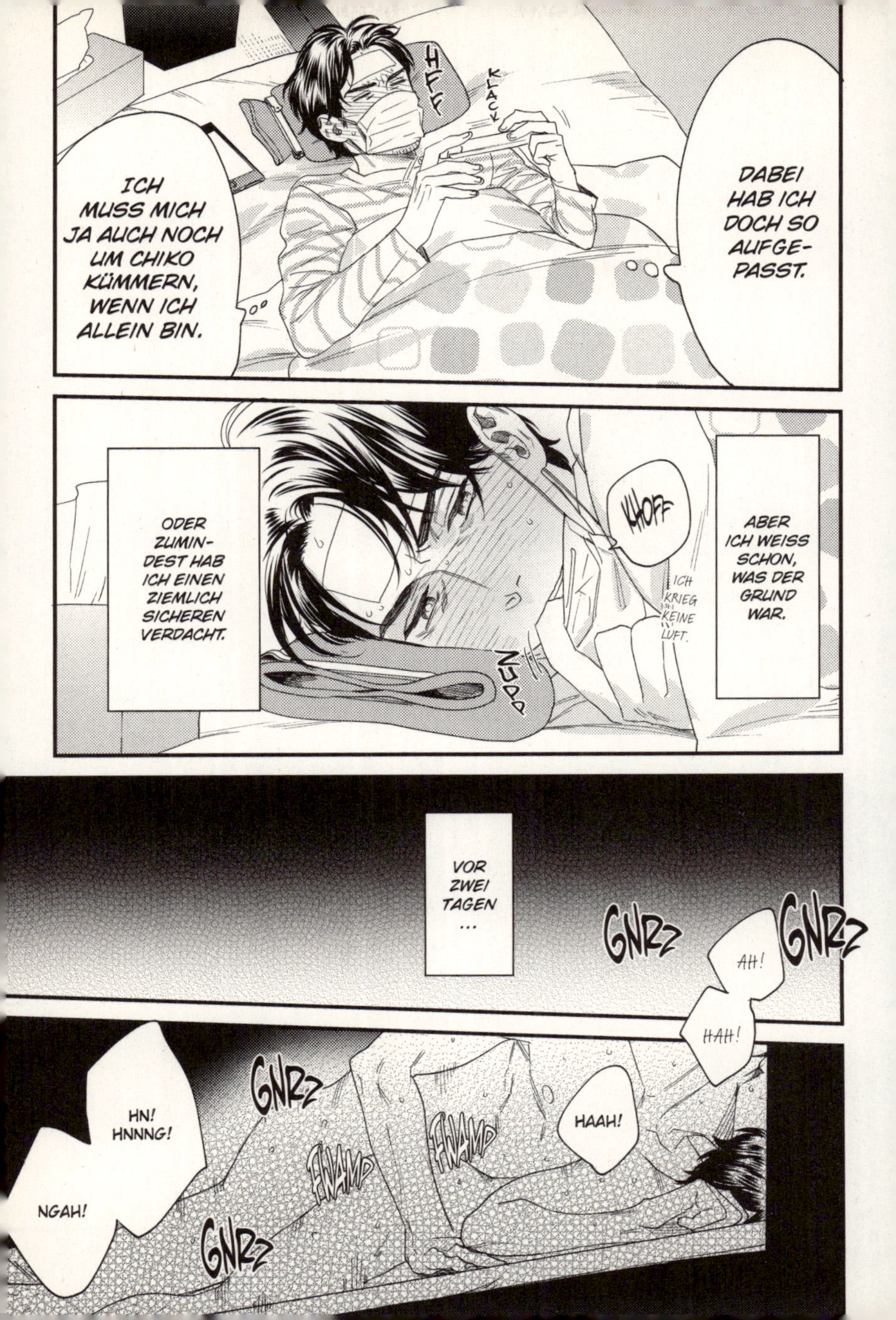
DABEI HAB ICH DOCH SO AUFGE-PASST.
KLACK
HFF
ICH MUSS MICH JA AUCH NOCH UM CHIKO KÜMMERN, WENN ICH ALLEIN BIN.
ABER ICH WEISS SCHON, WAS DER GRUND WAR.
KHOFF
ICH KRIEG KEINE LUFT.
ODER ZUMIN-DEST HAB ICH EINEN ZIEMLICH SICHEREN VERDACHT.
VOR ZWEI TAGEN ...
GNRZ
AH!
GNRZ
HAH!
HAAH!
GNRZ
HN! HNNNG!
NGAH!
GNRZ

GNRZ
MH!
HNG!
SCHAUDER
AH!
ZUCK
ZUCK
HAH!
HAAH!
GNRZ
GNRZ
...
HAH
UAAH!
AH!
GNRZ
GNRZ
SEIJI ...
IST DIR AUCH NICHT KALT? SOLLEN WIR DIE DECKE DRÜBERZIEHEN?
FWAMP
AH!
ZUCK
FWAMP
ZUCK
HPF
HAH
HAH
AH!
HAH
AH!
AH!
N... NEIN, ES GEHT SCHON. M... MIR IST EHER ... HEISS.
HAH
HAH!
GNRZ
GNRZ
HAH!
SEIJI!
AH ... AAH!
GNRZ
GNRZ
HAH!
SHI...
HAH
SHIN!
ICH ...
GRP
GNRZ
GNRZ
HNNNN ...!

BWOCK
PUUH ... UND HOPP.
GNRZ
FWAPP
WILLST DU DIR NICHT WAS ANZIEHEN, BEVOR DU SCHLAFEN GEHST?
NEIN.
DU ERKÄLTEST DICH NOCH.
ES IST ZIEMLICH KALT. ES WÄRE BESSER, DU ZIEHST WAS AN.
ACH WAS, IST DOCH NICHT NÖTIG.
ICH LASS MICH EINFACH VON DIR WARM HALTEN.

LASS MICH VON DIR WARM HALTEN
KOMM ZU DEINEM OFEN!
WAPP
UWAH!
ICH BIN DOCH KEIN BACK-HÄHNCHEN!
WARM
DEINE FÜSSE SIND GANZ KALT, SHIN.
TUT MIR LEID.
AM MORGEN
ICH ER-FRIERE!!!
FWOOOOOO
SHIN IST BEI DER ARBEIT.
SHIN IST WEG.
BRR
RRR
CHIKO IST HIER DURCHGESCHLÜPFT.

ICH SOLLTE NÄCHSTES MAL ECHT BEDENKEN, DASS ICH NICHT MEHR DER JÜNGSTE BIN.
LASS DIR DAS EINE LEHRE SEIN, SEIJI.
DING DONG
DING DONG
KHOFF
KHOFF
HALLO? ENTSCHUL-DIGEN SIE BITTE!
MNNN
PLUMP
ICH KOMM NICHT HOCH. CHIKO LIEGT AUF MIR.
ICH BIN HIER, UM IHRE WASSER-LEITUNGEN ZU ÜBER-PRÜFEN.
WAS? KANN MICH GAR NICHT ERINNERN, DASS HEUTE EINE ÜBER-PRÜFUNG ANSTAND.
ACH, WAS SOLL'S.

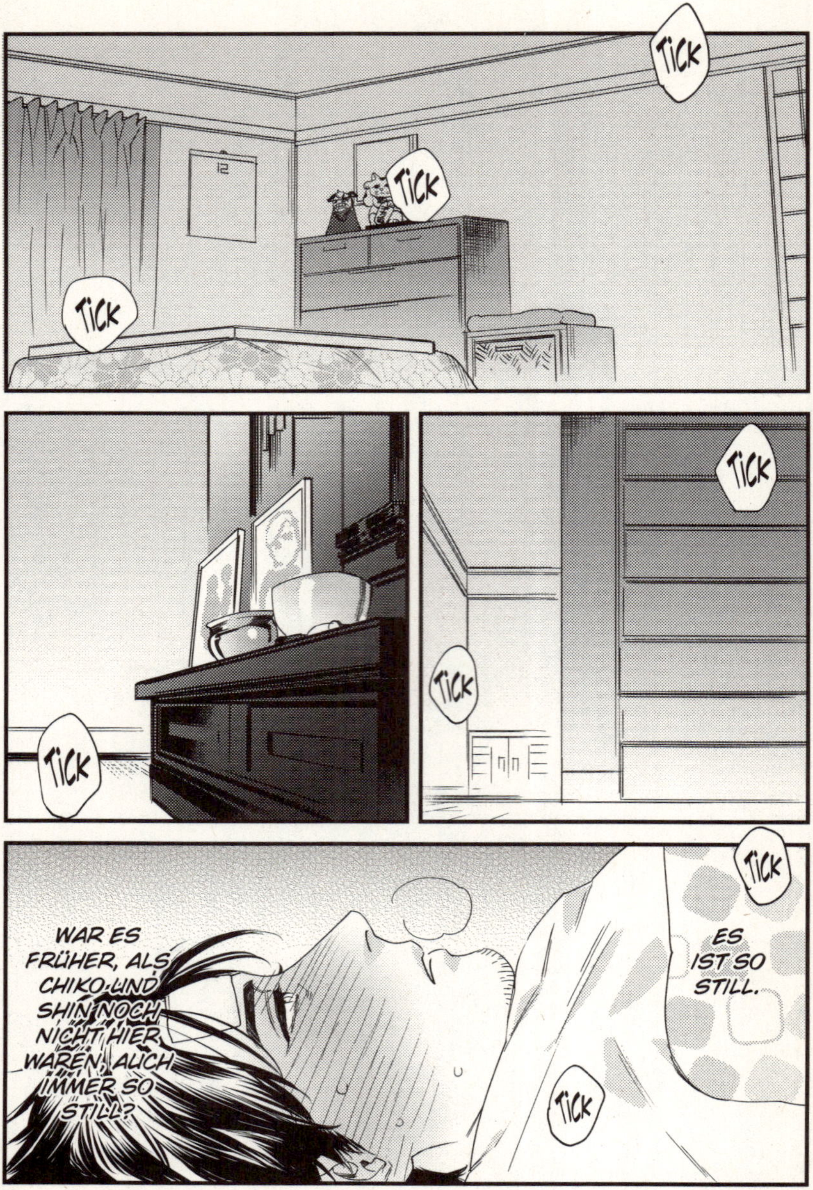
TICK
TICK
TICK
TICK
TICK
TICK
TICK
ES IST SO STILL.
WAR ES FRÜHER, ALS CHIKO UND SHIN NOCH NICHT HIER WAREN, AUCH IMMER SO STILL?
TICK

IRGENDWIE KOMMT'S MIR HIER SO MERKWÜRDIG EINSAM UND VERLASSEN VOR.
LIEGT VIELLEICHT DARAN, DASS ICH SO FERTIG BIN.
TAPP
13:05
SCHON 13 UHR ...
DER KERL KOMMT IN SEINER MITTAGSPAUSE DOCH GLATT HER, UM NACH MIR ZU SEHEN.
ALLES OKAY? WILLST DU ZUM ARZT?
WAR ICH DOCH SCHON! UND HAB ICH NICHT GESAGT, DU BRAUCHST NICHT HERZUKOMMEN?
DU STECKST DICH NOCH AN!
AUCH HEUTE MORGEN ...
HIER, EIN KÜHLKISSEN.
ICH KOMM VORBEI, WENN ICH KANN, ABER ICH HAB DIR SCHON MAL SUPPE UND ONIGIRI GEMACHT.
MHM.
VERSUCH, WAS DAVON ZU ESSEN, WENN DU KANNST.
MHM.
UND NIMM DEINE MEDIZIN.
MHM.

MELDE DICH, FALLS WAS SEIN SOLLTE.
AUCH WENN DU NUR EINEN ESSENSWUNSCH HAST, GANZ EGAL.
ICH GEH DANN MAL. BIS SPÄTER.
MH ...
HEUTE SCHEINT ER NICHT ZU KOMMEN.
EIN ESSENSWUNSCH ...
TAPP
TAPP
HAB JA AUCH GESAGT, ER SOLL NICHT.
UND MIT DIESER EINBRUCHSSERIE IN LETZTER ZEIT HAT ER SICHER VIEL ZU TUN.
KNTT
KNTT

TAP
TAP
...
NEIN, ICH FÜHL MICH ÜBERHAUPT NICHT EIN-SAM!
NICHT MAL EIN BISSCHEN!
BWOFF
ZUCK
ZUPP
RIPP
WAPP
HAAH
ACH ... ICH MUSS MEINE MEDIZIN NEHMEN. DANN KANN ICH AUCH GLEICH VER-SUCHEN, ...
... EIN PAAR BISSEN RUNTERZU-KRIEGEN, AUCH WENN ICH KEINEN GROSSEN APPETIT HAB.
TORKEL
KHOFF
KHFF
TORKEL
MANN, SO EINE ERKÄLTUNG SCHLAUCHT GANZ SCHÖN.
WANK
HOPPLA.
SCHMIIEG
MIAON

BLBB
BLB
GLUB
BLUBLUB
EINE SUPPE MIT INGWER …
… UND ZWEI ETWAS KLEINERE, …
… MUND-GERECHTE ONIGIRI.
MINI
IRGENDWIE SÜSS.
DA STEHT DIESER RIESIGE KERL IN DER KLEINEN KÜCHE, …
… UND KOCHT MIT SEINEN RIESIGEN HÄNDEN RICHTIG GESCHICKT VOR SICH HIN.
HAMM
ICH HAB DEN PER-FEKTEN FREUND.

MAMPF
MAMPF
ES IST ECHT SCHÖN, JEMANDEN ZU HABEN, ...
... AUF DEN MAN SICH IN SITUATIONEN WIE DIESEN VERLASSEN KANN.
OH.
CHIKO BRAUCHT AUCH WAS ZU FUTTERN.
KHOFF
KEF
GATACK
CHIKO, ES GIBT FRESSEN FÜR DICH!
KHOFF
GOURMIAU GOLD
FISCHMIX
GATACK
KATACK
KRAKLIRR
SCHRECK
HUAH?!

CHIKO, HAST DU ETWA WAS RUNTER-GESCHMISSEN?
KHOFF
KOHOFF
SCHREE
SCHREE
CHIKO!
NICHTS ANSTELLEN, OKAY?
KARANG
!
FWAPP
FWAPP
KRKSCH
HÄ?!

MEGAMARKT
NEUJAHRS-ANGEBOTE
SCHNAUZE!
DARF ICH JETZT ETWA NICHTS MEHR TRIN-KEN, ODER WAS?!
BITTE BERUHIGEN SIE SICH DOCH.
ES STEHT IHNEN NATÜRLICH FREI ZU TRINKEN, WANN SIE WOLLEN, …
… SOLANGE SIE DABEI KEINE ANDEREN LEUTE BELÄSTIGEN.
WANN HAB ICH IRGENDWEN BELÄSTIGT, VERDAMMTE SCHEISSE NOCH MAL?!
NUN, WIE ICH SCHON GESAGT HABE, GUTER MANN …
TOFF
IHR SCHEISS-BULLEN KÖNNT MICH DOCH SOWIESO ALLE MAL …

WUDD
WAS ZUR HÖLLE?
PASS GEFÄLLIGST AUF, DU BLÖDES ARSCH…
ZS
SUMM
GEBEN SIE BESSER ACHT, WO SIE HINTRETEN. DAS KANN SONST BÖSE ENDEN.
HIEKS
T… T… TUT MIR LEID …
OH, PLÖTZLICH IST ER HANDZAHM.
GEHEN SIE DOCH FÜR HEUTE ERST MAL NACH HAUSE.
OKAY?
G… GERNE.
SUMP
SIE WIRKEN JA RECHT BETRUNKEN.
KOMMEN SIE ALLEINE ZURECHT?
JA! D… DANKE !!!
ZUNK

TAPS
TAPS
ICH MUSS SCHON SAGEN, DIESE ART VON PROBLEM IST ECHT SCHNELL GELÖST, WENN DU DABEI BIST, SHIN.
ACH JA?
ABSOLUT! DU HAST EBEN EINFACH DIESE AURA!
AURA?
OKAY …
VIELEN DANK FÜR IHRE HILFE.
ABER NICHT DOCH!
SIE KÖNNEN SICH JEDERZEIT MELDEN, WENN SIE WIEDER WAS BRAUCHEN.
OH, SCHON SO SPÄT.
KAUFEN WIR DOCH GLEICH LUNCHBOXEN, WO WIR SCHON HIER SIND.
ICH GEH NOCH KURZ AUFS KLO. SUCHEN SIE SICH SCHON MAL WAS AUS.
MACH ICH. OH, UND FRAG DOCH BITTE …
… HERRN MOTSU, WAS FÜR EINE BOX ER MÖCHTE.
ICH HAB MEIN HANDY VERGESSEN.

RSCH
ICH FRAG MICH, OB BEI SEIJI ALLES OKAY IST.
OH, EINE NACHRICHT.
Seiji
Ich hab so einen Katzenhunger auf eine Edelmelone.
Soll ich dir von Chiko ausrichten.
HAB DICH LIEB
Verlassen Sie die Toilette so, wie Sie s selbst vorfinden möchten. Vielen Dank.
EINE EDELMELONE?
CHIKO FRISST DOCH GAR KEINE MELONE.
„HAB DICH LIEB" ...
SO SCHLECHT SCHEINT ES IHM JA NICHT ZU GEHEN. BIN ICH FROH.

MAL SCHAUEN, OB SIE HIER HONIG-MELONEN HABEN.
ACH JA, ICH MUSS HERRN MOTSU ANRUFEN.
Ja?
HALLO, ICH BIN ES, SHIN.
WIR SIND GERADE IM SUPERMARKT. WAS FÜR EINE LUNCHBOX HÄTTEN SIE GERN?
ICH HOFFE, SEIJI KONNTE WAS ESSEN UND RUHT SICH AUS.
OH ...
OH, MIST. GANZ GROSSER MIST.

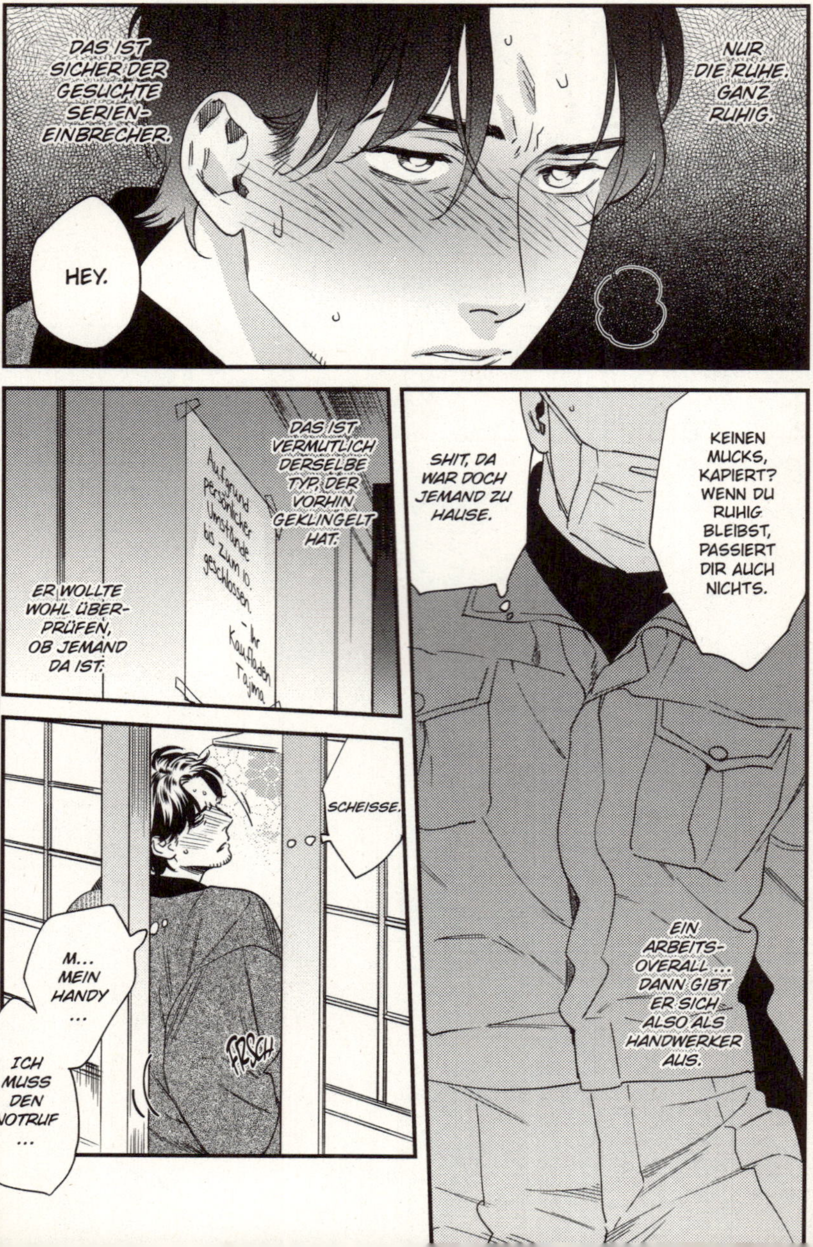
NUR DIE RUHE. GANZ RUHIG.
DAS IST SICHER DER GESUCHTE SERIEN-EINBRECHER.
HEY.
KEINEN MUCKS, KAPIERT? WENN DU RUHIG BLEIBST, PASSIERT DIR AUCH NICHTS.
SHIT, DA WAR DOCH JEMAND ZU HAUSE.
DAS IST VERMUTLICH DERSELBE TYP, DER VORHIN GEKLINGELT HAT.
Aufgrund persönlicher Umstände bis zum 10. geschlossen. – Ihr Kaufladen Tajima
ER WOLLTE WOHL ÜBER-PRÜFEN, OB JEMAND DA IST.
EIN ARBEITS-OVERALL ... DANN GIBT ER SICH ALSO ALS HANDWERKER AUS.
SCHEISSE.
M... MEIN HANDY ...
FRSCH
ICH MUSS DEN NOTRUF ...

ACH, VERDAMMT! DAS LIEGT IM FUTON!
KLATTER
DAS DÄMLICHE FIEBER MACHT MICH GANZ BENOMMEN ...
KHOFF KHOFF
KHOFF KHOFF
HFF
... UND MIR TUT ALLES WEH. SHIT, AUSGE-RECHNET JETZT ...
HAAH
KHOFF
KANN ER SICH ETWA WEGEN SEINER ERKÄLTUNG NICHT BE-WEGEN?
KHOFF KOHOFF
KHEF
SCHWEIN GEHABT!
ICH NEHM, WAS ICH KRIEGEN KANN, UND DANN HAU ICH WIEDER AB.
BLEIB EINFACH STILL DA SITZEN.
HAH
TJA, PECH GEHABT. IN 'NEM LADEN WIE DEM HIER ...
... WIRST DU NIE IM LEBEN VIEL KOHLE FINDEN.
CHIPS
CHIPS
AH, MIST, GEH NICHT RÜBER IN DEN LADEN-BEREICH!

MIR DREHT SICH ALLES IM KOPF.
WIESO MUSS DER TYP AUSGERECHNET JETZT AUFTAUCHEN?
WENN ICH FIT WÄRE, WÜRDE ICH IHN SOFORT SCHNAPPEN.
ACH JA, ALS ICH KLEIN WAR, WURDE SCHON MAL BEI UNS EINGEBROCHEN.
ICH BIN DOCH EIGENTLICH POLIZIST GEWORDEN, …
… UM DEN LADEN UND MEINE MUTTER BESCHÜTZEN ZU KÖNNEN.
TROTZDEM WURDE WIEDER EINGEBROCHEN. EIN GANZ SCHÖNES ARMUTSZEUGNIS.
UND DANN ERWISCHT ES AUCH NOCH EIN HAUS, IN DEM EIN EHEMALIGER UND EIN AKTIVER POLIZIST WOHNEN.
ICH HOFFE BLOSS, DAS WIRKT SICH NICHT AUF SHINS KARRIERE AUS.
ALSO ECHT, EINE MELONE? WIE VIEL KOSTET DENN SO EIN DING ÜBERHAUPT?
ER IST DOCH BLOSS ERKÄLTET, ODER NICHT?!
KING MELON
FREI HERAUS
8000 YEN.*
TUT MIR LEID, SHIN.
DAS IST DOCH IRRE!
* CA. 65 EURO

MIR GEHT GANZ SCHÖN DIE MUFFE. ICH KANN MIR EINREDEN, ES WÜRDE NICHT SO LAUFEN, WENN ICH FIT WÄRE, ...
... ABER EHRLICH GESAGT HAB ICH ECHT EINE SCHEISSANGST. SHIN ...
ICH BIN EIN GANZ SCHÖNER FEIGLING.

KLACK
TCH!
DAS HAB ICH BEFÜRCHTET. NUR EIN PAAR LÄPPISCHE KRÖTEN.
ICH HAU LIEBER SO SCHNELL WIE MÖGLICH AB.
KRSCH
HM?
SWUPP
MIAU!
!
CHIKO ...
UWAH!
SCHRECK
KOMM HER, CHIKO ...
NICHT DA RÜBER.

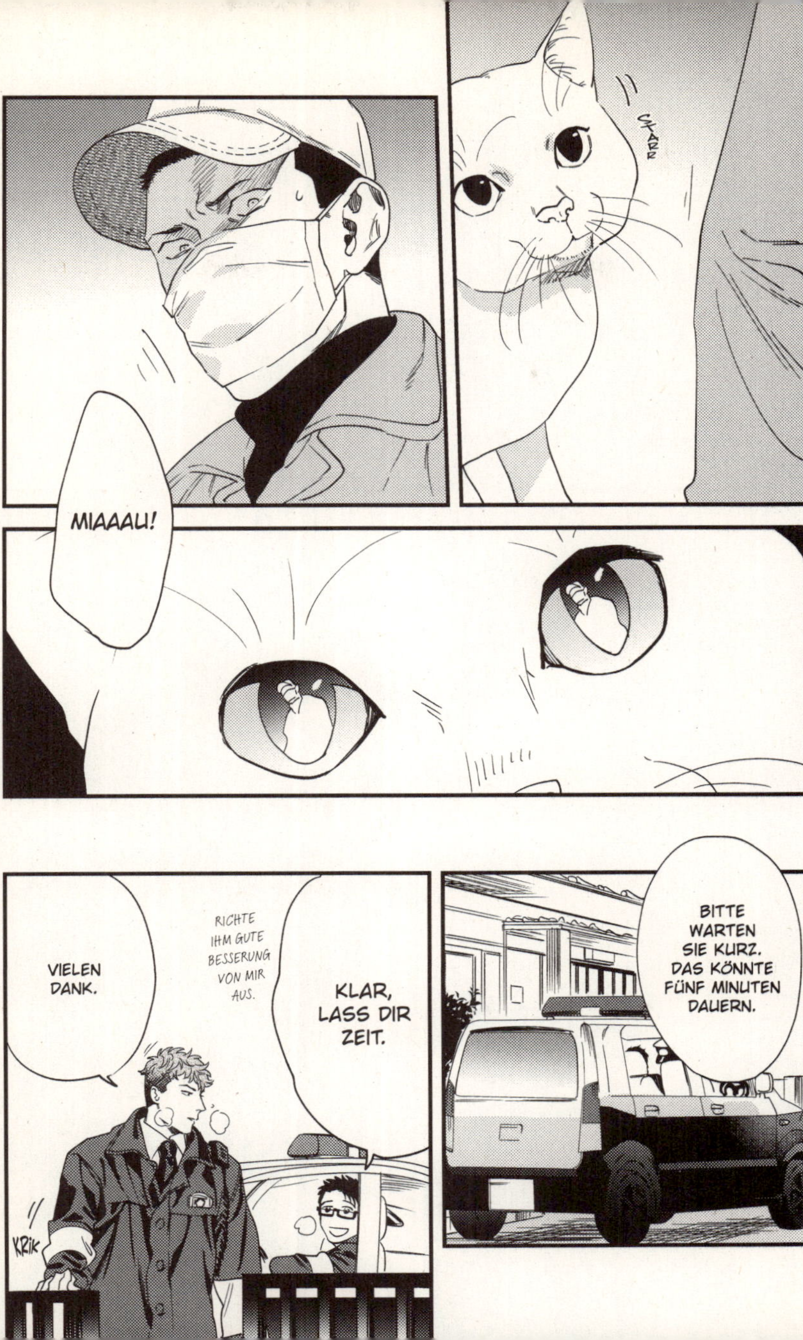
STARR
MIAAAU!
BITTE WARTEN SIE KURZ. DAS KÖNNTE FÜNF MINUTEN DAUERN.
KLAR, LASS DIR ZEIT.
RICHTE IHM GUTE BESSERUNG VON MIR AUS.
VIELEN DANK.
KRIK

DA HABEN SICH ECHT ZWEI GEFUNDEN. ICH KANN NICHT GLAUBEN, DASS DIE NICHTS MITEINANDER HABEN.
POLICE
KEINE ANTWORT. VIELLEICHT SCHLÄFT ER JA.
KRAKLIRR
KRACKS
KRACKS
!
WAS WAR DAS?!

DAS KAM AUS DEM WOHN-ZIMMER!
SEIJI!
BWASCH
SEIJI! WAS WAR DAS EBEN ...
?!
FWOOO
FWAPP
FWAPP
DAS FENSTER IST ZERBROCHEN.
WAS IN ALLER WELT IST HIER PASSIERT?
!
SHIN ...

SWDP
SEIJI!
HAH
HAH
GEHT'S DIR GUT? WAS WAR DENN HIER LOS?
OHA! WIE SIEHT'S DENN HIER AUS?
DAS WAR ... EIN EIN-BRECHER.
ER IST ... DURCH DAS FENSTER ABGEHAUEN.
EIN TYP ... IN 'NEM OVERALL ...
EIN EIN-BRECHER ?!
ETWA DERSELBE, DER WEGEN DER EIN-BRUCHS-SERIE GESUCHT WIRD?

... IHM ...
KHOFF
KHFF
KOHOFF
DANN IST ER SICHER NOCH GANZ IN DER NÄHE!
ALLES OKAY, SEIJI?
SOLL ICH EINEN KRANKEN-WAGEN RUFEN?
N... NEIN, ES GEHT SCHON.
SCHNELL, SHIN! WIR MÜSSEN ...
...
NEIN, WEISST DU WAS, ...
... BLEIB DU HIER UND KÜMMER DICH UM SEIJI!
UND BEFRAG IHN SCHON MAL, SO GUT ES EBEN GEHT!
JA, MACH ICH!

WIR WERDEN DEN TYPEN AUF JEDEN FALL SCHNAPPEN!
Achtung! Melde soeben erfolgten Einbruch in ein Einfamilienhaus ...
... mit Ladenlokal im Südbezirk, Block 4! Der Täter ...
KANNST DU LAUFEN?
JA.
ES IST KALT HIER DRAUSSEN. ICH BRING DICH INS BETT.
DU BIST DOCH NICHT VERLETZT, ODER?
BWOOOO
FWOFF
WARM
NEIN, MIR GEHT'S GUT.
EIN GLÜCK.
GLEICH WIRD'S HIER WEGEN DER VERNEHMUNG UND DER SPURENSICHERUNG ETWAS LAUTER ZUGEHEN.
ABER MACH DIR DESWEGEN KEINEN STRESS UND ÜBERNIMM DICH NICHT.
HEHEHE ...
?!

ICH DACHTE NUR GERADE, DASS DU ECHT EIN RICHTIGER POLIZIST BIST.
HE
KLAR, WAS DENN SONST?
GNT
GNT
HNNNG!
HÖR AUF! DAS MACHT MAN DOCH NICHT MIT EINEM KRANKEN!
ICH HAB GEGLAUBT, DU KOMMST HEUTE GAR NICHT MEHR.
DIE GANZE ANGST UND DIE ANSPANNUNG ...
... SIND AUF EINMAL WIE WEGGE-BLASEN.
ES ERLEICH-TERT MICH SEHR, IN SO EINEM MOMENT NICHT ALLEINE ZU SEIN.
WERD ICH ETWA ALT? NEIN, ...
... DAS LIEGT DARAN, DASS ICH SHIN ...

ICH BIN HEILFROH, ...
... DASS DU DA BIST.
GNNN
NA, KLAR.

AN SILVESTER
DANKE, DASS SIE SICH EXTRA AN DEN FEIERTAGEN DIE ZEIT NEHMEN.
ABER NICHT DOCH. SIE KÖNNEN DEN JAHRESWECHSEL JA NICHT MIT KAPUTTEN FENSTERN VERBRINGEN.
JETZT ERSPARST DU DIR, BEIM NEUJAHRSPUTZ DIE FENSTER ZU WISCHEN.
SOLL MICH DAS VIELLEICHT FREUEN?
DAS HÄTTEN WIR.
ICH HAB AUCH DEN ALUMINIUMRAHMEN GERICHTET. DER WAR ETWAS VERZOGEN.
ICH VERMUTE MAL, DA IST DER EINBRECHER AUF SEINER FLUCHT GEGENGEDONNERT.
DER MACHT MEHR ÄRGER ALS NÖTIG.
KAPITEL 10

ABER ZUMINDEST IST DIR NICHTS PASSIERT UND GESCHNAPPT WURDE ER JA AUCH.
TJA, DAS STIMMT.
MEINE TAPFERE CHIKO HAT DEN EINBRECHER SCHLIESSLICH IN DIE FLUCHT GESCHLAGEN!
MMMH
KNUTSCH KNUTSCH
GNN
ACH, WIRKLICH? DA MUSS SIE JA STARKE NERVEN GEHABT HABEN.
DAS AUCH, ABER OFFENBAR HAT DER TYP ANGST VOR KATZEN.
ANGST VOR KATZEN?
GRRR
GRRR
WAHR-SCHEINLICH HAT IHN MAL EINE GEBISSEN ODER GE-KRATZT.
UND CHIKO IST JA EXTREM ZUTRAU-LICH.
SWUPP
MJAUNG
HIIIEKS
SIE LÄUFT SOFORT AUF EINEN ZU.

WIE KANN MAN DENN ALS EINBRECHER ANGST VOR KATZEN HABEN?
HA HA HA
ES GIBT AUCH WELCHE, DIE HABEN ANGST VOR HUNDEN.
DANN SOLLTE MAN SICH AUCH MEHR MÜHE BEIM AUSKUNDSCHAFTEN GEBEN.
KLONK
SO, UND FERTIG!
HABEN SIE VIELEN DANK!
NICHTS ZU DANKEN! MACHEN SIE'S GUT.
GUTEN RUTSCH!
AH, BIN ICH FROH! ALLES WIEDER HEIL!
UND FUNKELNAGELNEU!
DIE PAPPABDECKUNG IST JA AUCH WIRKLICH KEINE DAUERLÖSUNG.
STIMMT. ABER SAG MAL, WARUM BIST DU ÜBERHAUPT HIER?
ACH JA! FAST HÄTT ICH'S VERGESSEN.
PATT

RSCHL
ICH WOLLTE EUCH WAS VON MEINEN SELBSTGESTAMPFTEN MOCHIS* ABGEBEN.
UND WIE JEDES JAHR, VIELEN DANK DAFÜR.
WAS?! SO VIEL?!
* REISKUCHEN AUS KLEBREIS, DER SÜSS ODER SALZIG GEGESSEN WERDEN KANN.
IHR SEID DOCH JETZT ZU ZWEIT. DA KÖNNT IHR DAS SCHON BRAUCHEN.
FALLS WAS ÜBRIG BLEIBT, KANNST DU'S JA EINFRIEREN.
MACH ICH, DANKE.
FETTE BEUTE DIESES JAHR.
RSCHL
RSCHL
DAS KOMMT GERADE RECHT ZUR MITTAGSZEIT.
DANN KÖNNEN WIR JA GLEICH WAS ESSEN.
TATAPP

ICH FRAG MICH, OB SHIN SCHON WACH IST.
MOOOCHI MOCHI MOCHI MOO! HM HM HMMM!
STAPP
STAPP
TATAPP
OH!
KOMMST DU ETWA MIT, MOCHIKO?
SHIN, ICH KOMM REIN.
MICHIYO WAR DA UND …
HUCH
SSSSLFF
DAS WAR KNAPP! ICH MUSS VORSICHTIG SEIN.
VIELLEICHT SPIELT ER JA WIEDER ALLEINE AN SICH RUM.
WENN ICH NICHT AUFPASSE, SCHMOLLT ER WIEDER.
SST

ICH GLAUBE, ER SCHLÄFT.
ZZZ
HE HEEH!
...
GNRZ

SHIIHHHIIIN? WACH AAAUF.
KOMM, LASS UNS GEMEINSAM MOCHI SCHMAUSEN!
MAU
MH.
PFLOFF
SHIIIN. HEY, SHIN!
MIAU
KOMM SCHON, WACH AUF.
GNRZ
DER RÜHRT SICH NICHT.
SCHNUFF
SCHNUFF
MMH ...

…N.
SHIN.
BLINZEL
MH …
SEIJI?
SHIN.
LIEBST DU MICH?
JA.
EGAL, WIE ICH AUSSEHE?
JA, AUCH DANN.
AUCH, WENN MEINE WAHRE GESTALT …
BWOBBL
BWOBBL
… DIE MOCHI-FEE IST?!
WER IST DAS DICKSTE MOCHI IM GANZEN LAND?
PWATT
DINGDONG
SEIJI, DIE MOCHI-FEE
?!

ZWUPP
HÄ? WAS? MOMENT MAL, DU ...
DU BIST DIE MOCHI-FEE?
GANZ RECHT!
KEIN DAIFUKU?
WIESO DAIFUKU?
WÄRE ... EIN MOCHI SO SCHLIMM FÜR DICH, SHIN?
SWT
MAGST DU MEIN MOCHI-ICH ETWA NICHT?
BWOWOING
WILLST DU MICH DENN GAR NICHT VERNASCHEN?
ENTSCHLOSSEN
UND OB ICH DICH VERNASCHEN WILL!
DIE ANTWORT KAM JA SCHNELL!
WAAAAH
GWAPP

MIR IST ES GANZ EGAL, OB SEIJI EIN MOCHI ODER SONST WAS IST, ICH … ICH …
AH! ♡
GNJUJUKSCH
WAAAAH, NICHT! DAS KITZELT.
AH!
AH! AAAAH!
OH YEAAA …
…N.
SHIN.
DAS MOCHI IST SO WEICH.
HM?
BWOIN
BWOIN
OH!
ER IST WACH.
WIR HABEN MOCHI BEKOMMEN. WILLST DU WELCHE?
MOCHI …
WO IST … DIE MOCHI-FEE?
HÄ?
WAS FÜR 'N DING?

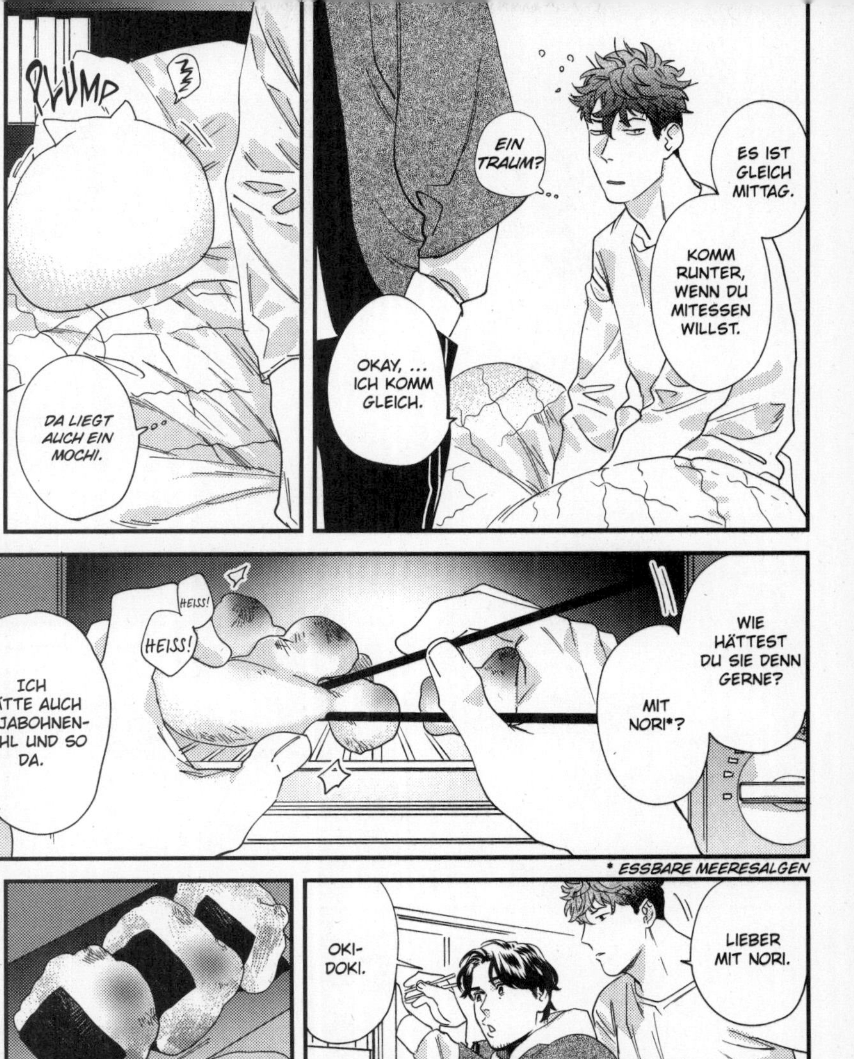

* ESSBARE MEERESALGEN

SCHLK
DA FÄLLT MIR EIN, WIR KONNTEN GAR KEINEN NEUJAHRSPUTZ MACHEN.
TJA, WAS SOLL MAN MACHEN? WIR HATTEN ANDERE PROBLEME.
INSTANT TEE
WOLLEN WIR DAS HEUTE NACHHOLEN?
ACH WAS! AUSSERDEM ...
... HAST DU DOCH HEUTE RUFBEREITSCHAFT, ODER NICHT?
PLOTSCH
JA.
KANN SEIN, DASS ICH HEUTE NOCH ZUM DIENST GERUFEN WERDE.
EIN POLIZIST KENNT KEINE FREIZEIT! NICHT MAL ZUM JAHRESWECHSEL!
AN NEUJAHR HAB ICH ABER ZUM GLÜCK FREIBEKOMMEN.
DA HAST DU JA SCHWEIN GEHABT, SHIN! GRATULIERE!

ICH HOFFE, DASS ICH MIT DIR ZUSAMMEN INS NEUE JAHR RUTSCHEN KANN.
NA, DANN DRÜCK MAL FEST DIE DAUMEN, ...
... DASS KEIN ANRUF KOMMT.
ZUCK
FEIX
FEIX
DENN DU HOFFST DOCH AUCH SICHER, IN MICH REIN-RUTSCHEN ZU KÖNNEN, ODER?
NA? NA?
FWP
NÖ, STIMMT GAR NICHT.
HEY! NICHT WEG-GUCKEN! SCHAU MICH AN!
HEY DUU!

ICH SOLL DIE TEMPELGLOCKE SEIN, UND DU WILLST GETREU DEM NEUJAHRSBRAUCH 108 MAL MIT DEINEM SCHLAGBALKEN ZUSTOSSEN, BIS WIR VON ALLEN BEGIERDEN GELÄUTERT SIND, NICHT WAHR?
IN MEINEN HINTERN REIN.
HE HE HE HE HE HE
108 MAL?
DAS STEHT SEIN PO SICHER NICHT DURCH.
SHIN.
WOLLEN WIR JETZT NOCH SCHNELL DIESEN BEGIERDEN FRÖNEN?
FLÜSTER
NA?

MH.
ICH MUSS VORHER NOCH BADEN.
HÄ?
ICH BIN NACH DER NACHT-SCHICHT GLEICH INS BETT.
DANN ...
... STEIGEN WIR DOCH GEMEIN-SAM IN DIE WANNE.
?!

HM HM HMMM!
FSSSCH
HM HM HM!
HMM HM HMM!
BLUFFL
BLUFFL
DIE MOCHI-FEE …
MACHT PLATZ, MACHT PLATZ!
HIER KOMMT DER GROSSE SEIJI!
PASSEN HIER ÜBER-HAUPT ZWEI REIN?

GANZ SCHÖN ENG.
QUETSCH
AU!
SEIJI, PASS AUF!
DU TRITTST MICH!
PLITSCH
PLATSCH
OH, SORRY! ☆ ALLES IST SO GROSS AN DIR, ...
... DA WEISS ICH GAR NICHT, WOHIN MIT MEINEN BEINEN.
SEIJI, ...
... LEG DEINE BEINE HIER RAUF.
PLITSCH
...
HNK
SCHNABBER
VERDAMMTER MUSKEL-PROTZ ...
TCH
HM?

SCHON GUT, ICH KOMM ZU DIR RÜBER.
PLOSCH
!
HAAAH
UND HEPP.
AAAH, SO RUM LIEGT'S SICH VIEL BESSER.
HM?
GRAPP
GRAPP
BWOIN
HEY! WIRST DU WOHL DAMIT AUFHÖREN!

SPIEL NICHT MIT MEINEM MOCHI-BAUCH RUM.
HAST DU WIEDER ZUGE-NOMMEN?
JA, HAB ICH. NA UND?
MAN SAGT DOCH, EIN GLÜCK-LICHES LEBEN MACHT DICK.
EIN GLÜCK-LICHES LEBEN MACHT DICK?
HEISST DAS, DAS SEIJI MIT MIR ZUSAMMEN GLÜCKLICH IST?
...
FRSCH
!

SEIJI ...
SMK
SMK
UWAH! HEY, HEY!
SCHRECK
PLATSCH
WILLST DU'S ETWA HIER MACHEN?
AH!
SPLASCH
JA, ... WILL ICH.
MMFFF
MMFFF
AH, WARTE MAL!
UAH!
WIR BRAUCHEN DOCH GLEITGEL UND KONDOME.
KEINE SORGE, HAB ICH ALLES MITGEBRACHT.
ICH WERD VERRÜCKT! WO KOMMT DAS DENN HER?!
GLEITGEL SUPER-GLITSCH
AH!
ZUCK

SMK
SMK
AH.
AH!
HNG!
MH.
AH!
FTSCH
FTSCH
HAH!
HAAH!
FTSCH
AH!
HAAH!
PLATSCH
PLATSCH
SHI... SHIN, MOMENT!
BLICH BLER-DRINKE BNOCH!
OH, TUT MIR LEID!

AH!
AAAH …
GLUPLITSCH
HAAH
HAH
HAH
AH!
HM!
HAH!
AH!
HAAH!
UH!
HNG!
ALLES OKAY? TUT'S AUCH NICHT WEH?
AH!
HAH!
HNNNG!
AH! NGAAAH …

AH!
HAH!
!
AH!
ES IST HELL DRAUSSEN.
ACH JA, ES IST JA GERADE ERST KURZ NACH MITTAG.
HAH!
WIR SIND BESTIMMT DIE EINZIGEN, ...
... DIE SO WAS AN SILVESTER, UND DANN AUCH NOCH AM HELLLICHTEN TAG TREIBEN.
HFF!
LEG DEINE ARME UM MICH, SEIJI.
HÄ?
SO?
?
SEHR GUT.

RUCK
HMF!
HU UWOOOH?!
GWAPP
HEY, VORSICHT, SHIN!
BUMM
BUMM
HIIIEK!
NUCK
AH!
HAH
HAH
GGNN
AH ... AAAH!
HNG!
NUCK
NUCK
SEI... JI ...
HAH
HAH
AH!
AAAH!
HAH!

HIEK!
GRAPP
PFFUHAAAAH
HRFFF
TSCHUPP
!
!
TSCHPP
PATSCH
AH!
AH!
GNTT
UNG!
SHI...
...N!
PATSCH
TSCHPP
WIPP
SHIN!
GNNN
WIPP
SHIN ...
ZIIIEP
I... ICH ... KRIEG EINEN KRAMPF ...
... I... IM BEIN!
DU HAST LÄNGERE BEINE ALS ICH!
ZITTER
ZITTER

HALT DICH GUT FEST, DAMIT DU NICHT RUNTER-FÄLLST.
HAH
HOPP!
RUCK
PWATSCH
PFUAH
TSCHUPP
GRRP
HÄH?!
WA... WA... WARTE, WARTE!!!
HÖR AUF ZU ZAPPELN, SEIJI.
FWPP
HIEK
DIE STELLUNG HÄLTST DOCH NICHT MAL DU DURCH!
FWPP
KEINE SORGE, ICH LASS DICH SCHON NICHT FALLEN.
FWPP
GRAPP
OKAY, ABER WEHE, DU LÄSST MICH FALLEN! WEEEHE DIR!!!

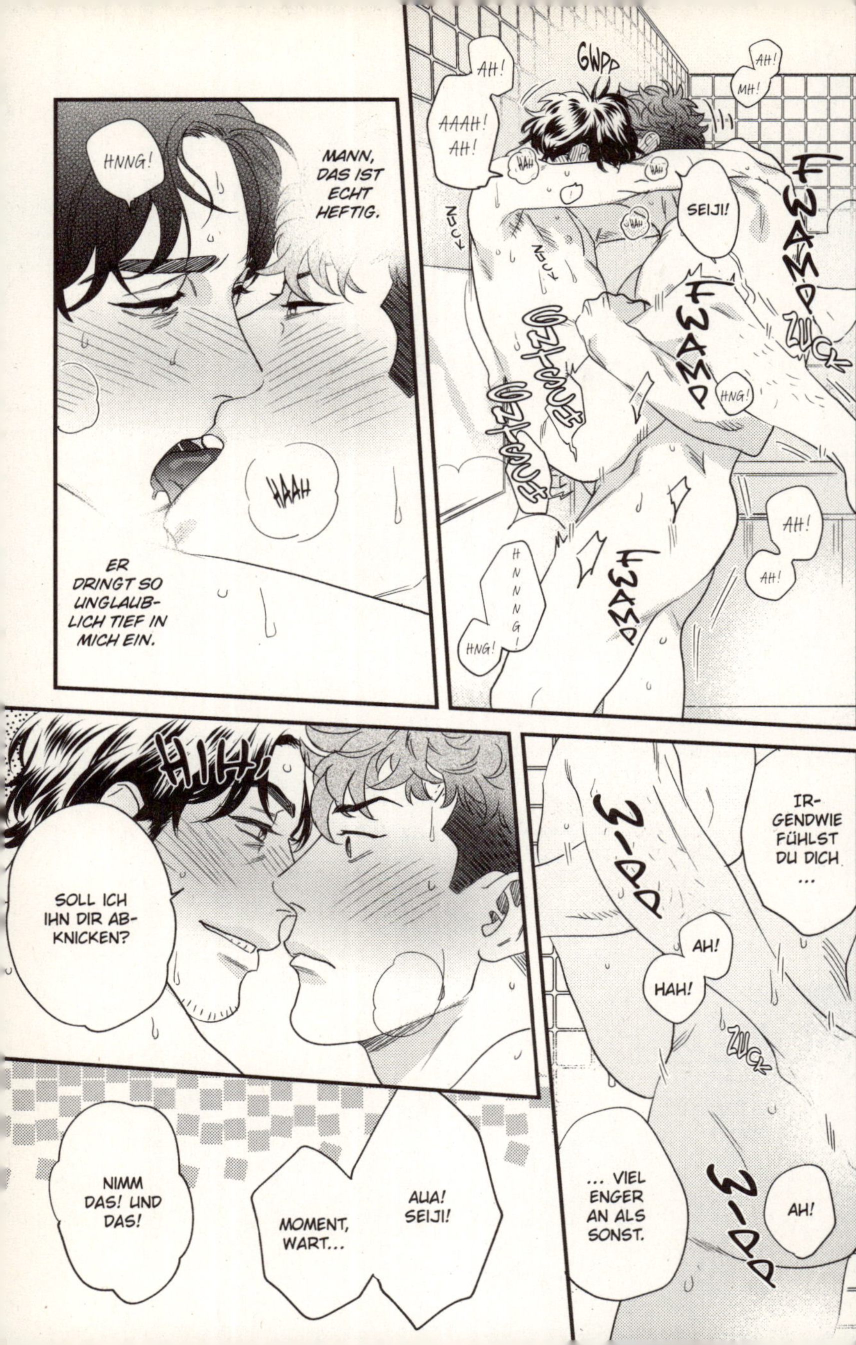

AH! MH!
GWPP
AH!
AAAH! AH!
HAH
HAH
HAH
SEIJI!
ZUCK
ZUCK
FWAMP
FWAMP
ZUCK
GUTSCH
GUTSCH
GUTSCH
HNG!
AH! AH!
FWAMP
HNNNG!
HNG!
HNNG!
MANN, DAS IST ECHT HEFTIG.
HAAH
ER DRINGT SO UNGLAUBLICH TIEF IN MICH EIN.
IRGENDWIE FÜHLST DU DICH ...
WIPP
AH!
HAH!
ZUCK
... VIEL ENGER AN ALS SONST.
WIPP
AH!
HIH!
SOLL ICH IHN DIR ABKNICKEN?
AUA! SEIJI!
MOMENT, WART...
NIMM DAS! UND DAS!

AH!
AH!
FWAMP
FWAMP
FWAMP
AH! SHIN!
ICH ...
HAH
HAH!
AH!
ICH GLAUB, ... ICH K... KOMM GLEICH!
SCHAUDER
!
ICH ... AUCH.
MMH!
ZUCK
HFF!
MMPF!
ZUCK
ZUCK
ZUCK

FWUUUMM
SO IST DAS EBEN. DER POLIZEIDIENST NIMMT KEINE RÜCKSICHT AUF FEIERTAGE.
DAS SOLLTE DOCH NICHTS NEUES FÜR DICH SEIN.
WURDE DOCH ZUM DIENST GERUFEN.
DRÖP
KUSCHEL
DRÖP
NEIN, ICH WEISS SCHON, ...
... ABER ICH HATTE SO AUF EIN FREIES SILVESTER GEHOFFT.
DAFÜR HAST DU DOCH MORGEN FREI. GEH UND BRING'S HINTER DICH.
NA, KOMM SCHON, JETZT SEI MAL NICHT SO ENT-TÄUSCHT.
FRSCH
DAS IST DOCH NICHT DER LETZTE SILVESTER-ABEND. NÄCHSTES JAHR GIBT'S AUCH WIEDER EINEN, ...
... UND ÜBERNÄCHSTES JAHR UND ALL DIE JAHRE DANACH.

ALSO MACH DICH AUF DIE SOCKEN. DU HAST SCHLIESSLICH EINE PFLICHT ZU ERFÜLLEN.
JA.
ICH GEH DANN MAL.
RAUN
LÄRM
PLAPPER
ICH HAB SEIT DEM SOMMER SO IM GLÜCK GESCHWELGT, DASS ICH NACHLÄSSIG GEWORDEN BIN.
ICH MUSS MICH ZUSAMMENREISSEN.
LÄRM
MEIN VERLANGEN NACH SEIJI UFERT VÖLLIG AUS.
HAH

GLEICH BEGINNT DAS NEUE JAHR.
ICH FRAG MICH, OB SEIJI NOCH WACH IST.
PLAPPER
RAUN
ICH HÄTTE DEN SILVESTER-ABEND SO GERNE MIT IHM VERBRACHT.
„NÄCHSTES JAHR GIBT'S AUCH WIEDER EINEN, UND ÜBERNÄCHSTES JAHR UND ALL DIE JAHRE DANACH."
WPP
WPP
DA HAT ER NATÜRLICH RECHT, ABER …
NEIN, AUS, SCHLUSS DAMIT!
ICH DARF NICHT JEDEN TAG SO GIERIG …
POLICE
HM?

HEISST DAS ETWA, ...
... DASS SEIJI NOCH VIELE, VIELE WEITERE JAHRE ...
... AN MEINER SEITE BLEIBEN WIRD?
MURMEL
SEIJI ...
DU HAST GERUFEN?
FLIRT

SEIJI?!
ENDLICH HAB ICH DICH GEFUNDEN!
WAS FÜR EIN GEDRÄNGE!
POLIC
HI HI HI
ICH KONNTE DICH NICHT ALLEINE LASSEN, ...
... NACHDEM DU MIT SO ENTTÄUSCHTER MIENE GEGANGEN BIST.
„ENTTÄUSCHT"? JETZT ÜBERTREIBST DU ABER.
ACH JAAA? NA, DANN KANN ICH JA WIEDER GEHEN.
NEIN, WARTE, DU HAST JA RECHT. ICH GEB'S ZU.
LÄRM
IST SCHON 'NE WEILE HER, DASS ICH AN SILVESTER DRAUSSEN WAR.
NORMALERWEISE VERBRINGE ICH DEN ABEND ZU HAUSE VOR DEM FERNSEHER
RAUN
OH, ES SCHNEIT.
LÄRM
UND WENN DANN DAS FEUERWERK LOSGEHT UND DIE TEMPELGLOCKEN LÄUTEN, ...
... KRIEG ICH SO IM HALBSCHLAF MIT, DASS DAS NEUE JAHR BEGONNEN HAT.

WIR STARTEN DEN COUNT-DOWN!
VERMUTLICH WIRD SICH DARAN AUCH IN ZUKUNFT NICHT VIEL ÄNDERN, ...
... ABER ES IST SCHÖN ZU WISSEN, DASS DA NOCH JEMAND ZU MIR NACH HAUSE KOMMEN WIRD.
NOCH FÜNF SEKUN-DEN!
KURZ BEVOR ICH GEGANGEN BIN, ...
... SAGTEST DU ZU MIR, ...
JA?
VIER!
... DASS NOCH VIELE SILVESTER-ABENDE KOMMEN WÜRDEN.
DREI!

ALSO WIRST DU …
ZWEI!
… AUCH IN ZUKUNFT BEI MIR BLEIBEN?
ABER JA!
EINS!

BWOOOOOMM
NULL !!!
WOW
KYATSUH
KYATSUH
WUHUUU
KYATSUH
WOAAAHH KYATSUH

EIN FROHES NEUES JAHR!
HA HA HA HA
OH! DAS FEUERWERK HAT BEGONNEN.
SLURP
UDON
HAPP
HAPP
DAS JAHR IST ECHT SCHNELL VERGANGEN.
UND WENN MAN ERWACHSEN IST, KOMMT'S EINEM NOCH SCHNELLER VOR.
HAPPY!!!
NEW YEAR!
HFF

ICH WÜNSCH DIR EIN FROHES NEUES JAHR ...
... UND DASS NOCH VIELE GUTE JAHRE FOLGEN.
WÜNSCH ICH DIR AUCH.
SEI JA LIEB ZU MIR, AUCH WENN ICH MAL ALT UND RUNZLIG BIN.
BIN ICH DOCH SCHON.
LÄRM
HEY, WAS HEISST „BIN ICH SCHON"?
BIN ICH ETWA SCHON ALT UND RUNZLIG?!
RAUN
ENDE

KAUFLADEN TAJIMA
BONUS-KAPITEL
UWAH!
WAS ZUR HÖLLE IST DENN MIT DIR PAS-SIERT?!
SCHLORZ
EIN LASTER HAT MICH VOLLGE-SPRITZT.
DA HAT ER DICH ABER WIRKLICH GRÜNDLICH ERWISCHT.
NA, KEIN WUNDER, SO WIE ES GESTERN GEREGNET HAT.
ICH DACHTE, ICH KOMM MICH SCHNELL UMZIEHEN, WO ICH GERADE PAUSE HABE.
DANN ZIEH DICH AUS UND WARTE KURZ.
ICH HOL DEINE ERSATZ-UNIFORM.
DANKE.

ZUPP
SO, FERTIG.
TIPP
TOPP
VERGISS NICHT DEINE PFEIFE UND DEIN AB-ZEICHEN.
OH, JA!
KOMM HER, ICH STECK SIE DIR AN.
DANKE.

PLING
NA BITTE, PERFEKT!
FUFUUUH! SO EIN GUT AUSSEHEN-DER MANN! ♡
RUBB
RUBB
ACH, HALTEN SIE MICH FEST, HERR POLIZIST! ♡
WAS FÜR EINE STARKE BRUST SIE HABEN!
GRAPP
OHA!
RUCK

GNN
!
HI HI HI.
JETZT HAT ER MICH UMARMT.
GNN
DU HAST DOCH GESAGT, ICH SOLL DICH FEST-HALTEN.
VON KÜSSEN WAR ABER NICHT DIE REDE.
...

SMK
HMP
MH!
MMMT~
MH.
MMH.
MT~
MH!
HMM!
SMT~
!
HAH
HAH
SEIJI.
AH!
SHIN.
MT~
MMH!
HN!
ZUCK

RUBB
ZUCK
RUCK
HAHA!
NA TOLL, JETZT BIST DU HART.
SWT
ZUCK
AH!
SEIJI?!
FÜR SEX BLEIBT UNS KEINE ZEIT …
… UND MIT DEM ZELT IN DER HOSE KANNST DU UNMÖGLICH ZURÜCK ZUR ARBEIT.
HALT MAL DIE KRAWATTE HOCH.

DAS STIMMT ZWAR, ABER ...
NORMALERWEISE MACHT ER DAS NICHT, WEIL ER DAVON KIEFERSCHMERZEN KRIEGT UND ANGST HAT, ER KÖNNTE MICH BEISSEN.
WAS DENN? WILLST DU ETWA NICHT?
BITTE MACH WEITER.
DOCH! DOCH! SO VERDAMMT SEHR!!!
HAH
MH!
HAH
ZUCK
HNG!
NFF!
MH!
HNG!
HFF!
MH!
HAH
HAAH
HAH

HE HE
MIT DIR IN DER UNIFORM ...
... FÜHLT SICH DAS RICHTIG VERBOTEN AN.
ZUNG
...N.
SHIN.
SHIN!
HAH!
ALLES OKAY?
DU WARST KURZ WEG-GETRETEN.
ALLES NUR EINBILDUNG
...
NEIN, ICH GLAUBE NICHT.
HUI, WAS FÜR EIN PRÄCH-TIGES HOSEN-ZELT!
TADAMM
BONUS-KAPITEL ENDE

Hallo zusammen! Nun ist auch Band 2 von „My Pretty Policeman“ erschienen.
Aktuelle Sorge
Kann mich seit über einem Jahr nicht entscheiden, ob ich ein Grafiktablet kaufen soll.
Außerdem ist ein wundervolles Hörspiel zum ersten Band herausgekommen. Das ist für mich persönlich eine total unfassbare Wendung.
Eigentlich hatte ich nicht mal vor, die Serie fortzusetzen.
Das war ein guter Abschluss. Wollen wir über Ihre nächste Serie reden?
Falls Sie noch was dazu zeichnen wollen, können wir ja eine Bonusfolge bringen.
Ja, stimmt.
Redakteurin
„Ich würde Maki heiraten.“
In Aomori
Da sich mehr Leute als erwartet eine Fortsetzung wünschten (vielen Dank dafür), ...
Die ganze Welt hat uns nackt beim Sex gesehen!
... beschloss ich, an der Serie weiterzuzeichnen.
Ohne die vielen Fans, die mir in Briefen schrieben, dass sie lesen wollen, wie es weitergeht, hätte ich das vermutlich nicht getan.
Wenn ihr eine Serie habt, die ihr toll findet, dann teilt das unbedingt mit.
(Am besten schreibt ihr der Redaktion!)
Aktuelle Sorge 2
Ein immer schönerer Seiji
Seiji wird irgendwie von Mal zu Mal hübscher.
Red.
Das ... ist einfach die Wirkung, die sein junger Lover auf ihn hat.
Ich hoffe, ihr seid auch bei Band 3 wieder mit dabei!
Es geht immer noch weiter!

* SÜSSE KLÖSSCHEN

CHIKO HAT GANZ SCHÖN ZU-GENOMMEN IN LETZTER ZEIT.
SIE FRISST AUCH VIEL MEHR.
PLUMP
MNNN
DU HAST JA EIN GANZ PUMMELIGES BÄUCHLEIN.
ABER EIN WENIG MOPPELIG DARFST DU SCHON SEIN.
DAS MACHT DICH NUR NIEDLICHER. ♡
DA FÄLLT MIR EIN ...
SIE SCHEINT SICH GANZ GUT MIT DEM KATER ZU VERSTEHEN, DER AB UND ZU HIER AUFTAUCHT.
TUPP
TUPP
BWOFF
PWT
PWT
HÄ?!
WAS?! WARUM ZUM TEUFEL WEISS ICH NICHTS DAVON?!
IST DAS ETWA IHR FREUND?!
AUF STREIFE HAB ICH SIE AUCH SCHON GESEHEN.
ZUSAMMEN.
MRAON
DIESER SCHUFT!

3 POLICEMAN" ERHÄLTLICH!

SHIN UND SEIJIS ALLTAG VOLLER LIEBE GEHT WEITER! ♥

WIR WOLLEN MEHR ...

BAND VON „MY PRETTY DEMNÄCHST

WIR SEHEN UNS IM DRITTEN BAND WIEDER! FREUT EUCH SCHON MAL DRAUF! ♥

my pretty policeman

BOKU NO OMAWARISAN Volume 2

First published in Japan in 2019 by Takeshobo Co., Ltd.
German translation rights arranged with Takeshobo Co., Ltd.
through Tuttle-Mori Agency, Inc., Tokyo.

Deutschsprachige Ausgabe / German Edition
© 2022 Crunchyroll SA
CH-1007 Lausanne

Verlegt unter dem Label KAZÉ MANGA
durch Crunchyroll SA

Aus dem Japanischen von Martin Bachernegg

Redaktion: Katharina Altreuther
Herstellung: Sonja Lesch
Lettering: Studio Charon
Druck und Bindung: GGP Media GmbH, Pößneck

ISBN 978-2-88921-393-1